――この人が番でよかった。
心からそう思えて、ルークはウィリアムの顔をじっと見つめる。
「仕方がないから、いつか、覚悟が決まったら、私
びます」
そう言って、少し伸び上がるようにしてウィリアム
唇にキスをした。
狼は運命のツガイに執着する

狼は運命のツガイに執着する

天野かづき

23649

角川ルビー文庫

目次

口絵・本文イラスト／陸裕千景子

馬車の窓から、どんよりと重い雲の広がる空を見上げて、ルーク・ブレネイスはため息を漏《も》らす。

灰色の雲からは今にも雨粒《あまつぶ》が落ちそうで、ただでさえ気の進まなかった外出が、さらに憂鬱《ゆううつ》なものに感じられた。

車内に視線を戻《もど》すと、向かいにはルークの父と母である、ブレネイス男爵《だんしやく》夫妻が並んで座っている。金髪《きんぱつ》にヘーゼルの瞳《ひとみ》の父、明るい茶髪《ちやぱつ》に緑がかった茶の瞳をしている母。ルークの金髪は父に、緑がかった茶色の瞳は母に似たが、容貌《ようぼう》はどちらからも少し離《はな》れて、父方の祖母に似ている。細い鼻筋のせいか、それとも大きめの瞳のせいか、歳より少し幼く見えるようだが、本人はそれほど気にしてはいない。——もっと幼げな容貌が、色濃《いろこ》く記憶《きおく》に残っているがゆえに。

母はルークのため息を聞いて、困ったような苦笑《くしよう》を浮《う》かべた。

「そんな顔をしても、仕方がないでしょう？　あなたももう十八になるのだから」

「……分かっています」

宥《なだ》めるような母の言葉に、ルークは素直《すなお》に頷《うなず》いたけれど、それで気持ちが晴れるわけではない。

仕方ない。そう、仕方がないのだ。それはルークだってよく分かっている。ただ、面倒《めんどう》な上に憂鬱だという気分までは、どうしようもないというだけで……。

この世界には、男女以外に三つの性がある。バース性もしくは第二の性と呼ばれるそれが、α《アルファ》とβ《ベータ》、そしてΩ《オメガ》だ。男性のα、女性のα、というように合計で六つの性があることになる。

αは生まれつき丈夫《じょうぶ》な体と優秀《ゆうしゅう》な頭脳、強いカリスマ性を持つが、αやβ相手では子どもができにくいという弱点がある。まったくできないわけではないが、一人生まれればいいほうであり、そのせいで、跡取《あとと》りができずに、養子を取る例も多い。

対してΩは男であっても、女であっても、妊娠《にんしん》することが可能な体と発情期を持つ。ヒートとも呼ばれるそれが起こると、Ωはαやβを誘惑《ゆうわく》するフェロモンを出し、その期間ならばαであってもかなりの確率で妊娠させることが可能になる。その上、不思議とαの番《つがい》になったΩが産む子にはαが生まれる確率が高い。

どうしてそんな性があるのか。この世界の人間ならば常識として受け入れるだろうそのことが、ルークにはどうしても受け入れられなかった。

それというのも、ルークに前世の記憶があるからだ。地球という星の、日本という国で、平凡《へいぼん》な男として過ごした記憶が……。

その世界には性別は男と女の二つしかなく、いくらジェンダーレスが声高《こわだか》に叫《さけ》ばれるようになっていても、男性が発情して子を身ごもる、などということは起こりようがなかった。

初めてそれを知ったときは、何かの冗談《じょうだん》だろうとしか思えなかったほどだ。正直に言えばエロゲかなと思った。さらに言えばBLかなとも。と言っても、ルークは前世では十七歳で亡《な》くなったので、十八禁のゲームに対する造詣《ぞうけい》はまったく深くないし、BLにも詳《くわ》しくはない。

いわゆるオタクではなく、流行のマンガやソシャゲに少し手を出している程度の極平均的な高校生だった。なので、転生に関してはチートスキルを使って無双《むそう》したりするやつという程度、BLに関しては、男同士の恋愛《れんあい》に関する創作を好む層が一定数いた、という程度の知識があるだけなのだが……。

ともかく前世の常識からすれば、バース性などというものに対して、あり得ないと感じることは当然だった。

しかし、残念なことにそれはまごうことなき現実だったのである。

ルークの家である男爵家は経済的に豊かとは言いがたい家だったが、次男であるルークにも家庭教師を付けてくれた。そして、その教育の中で、α、β、Ωという、バース性の説明も受けたのだ。

十二歳になる頃《ころ》のことだったと思う。思わず四つ年上の兄に事実なのかと確認《かくにん》してしまったほど驚《おどろ》いた。

『本当にそんな性があるのですか？　男でも、Ωになることがあるのですか？』

『ああ、先生から教わったのか？　そうだ。男でもΩであることもあるし、女性でもαであることもある』

兄は弟の疑問に事もなげに頷いてから、ショックを受けて顔色を青くし、Ωだけはいやだ……と頭を抱《かか》えるルークに首を傾《かし》げたものだ。

なぜならば、このウォルタンス王国においてαやΩに生まれることは、金の卵を握《にぎ》って生まれたと言われるほど幸運なこととされているからだ。

αに生まれれば次男三男であっても家督《かとく》を継承《けいしょう》できる上、平民であっても貴族の養子になれることすらある。そして、Ωであればαの嫁《よめ》にと引く手数多《あまた》。特に貴族のΩともなれば、家格にかかわらず高位貴族や王族の嫁に望まれる。

αを当主に据《す》えれば、その間家は繁栄《はんえい》すると言われている。αの優秀さを思えば然《さ》もありなんという話だが、反面、Ωを娶《めと》ることができなければ子を生《な》すことは難しい。だというのに、Ωはαの半分ほどの数しか生まれないのだ。αを当主や跡継《あとつ》ぎに考えている家はΩを得るために、様々な手を尽《つ》くす。当然、Ω本人はもちろん、その家族までもが富を享受《きょうじゅ》できる可能性が高い。

だというのに弟がなぜそんなに嫌《いや》がるのか、兄にはまったく理解できなかったことだろう。

それでも、そんなに心配せずともうちは一族郎党《ろうとう》βばかりだからルークもβに決まっているさ、と慰《なぐさ》めてくれた。やさしい兄である。

そうして、現在の状況《じょうきょう》へと繋《つな》がる。

この国では全《すべ》ての国民に、性別判定を受ける義務があり、その期間が十四から十八歳になるまでとなっているのだった。

つまり十八の誕生日を迎《むか》えるまでに、必ず性別判定を受ける必要がある。だが、ルークは十八の誕生日を二十日後に控《ひか》えた現在もなお、それを受けていない。こうして、父の予定の合った日に性別判定の場へ連れ出されても、もう何も文句が言えない立場だった。

受けたくないのはもちろん、万が一をおそれてのことだ。

まぁ昔兄が言ったとおり、両親も兄もβだし、親戚《しんせき》もみんなβなので自分もβだろうとは思うのだ。実際この歳まで、Ωならばあるはずの発情期もなかった。

それでも性別判定が嫌で、期限ギリギリの今まで、判定を受けずに引き延ばしていたのである。

ほとんどの者が万が一の可能性と、その後の婚姻《こんいん》を見据《みす》えて、十四歳を迎えると同時に性別判定を受ける。にもかかわらず、両親は今日まで無理《むり》強《じ》いしようとはしなかったのだから、感謝しこそすれ恨《うら》みに思うことはない。

そんなことを思ううちに馬車が止まり、三人は馬車から降りた。暗い雲はそのままだったが、幸いまだ雨は降り出していない。

到着《とうちゃく》したのは、教会である。この国では身分登録簿《ぼ》は教会が管理しているため、性別判定も大貴族でもない限り、判定と登録が可能な大きめの教会で行われることが多い。判定を行ったのち、そのまま身分登録簿に登録されることになる。

そのためルークたちもわざわざ、執政官《しっせい》の城のある大きな街の教会までやってきたのだ。ルークの家の領地にも小さな教会はあるが、そこでは登録は行えないためだ。もっとも、領地の教会の神父とは幼い頃からの顔見知りであり、そんなところで性別判定を受けずに済むのは、ルークの心情的にありがたいことではあった。

父母に続いて建物の中に入る。話は先に通してあったため、すぐに奥へと案内された。

小部屋の中で待っていたのは神官服で総白髪《しらが》の老人だ。帽子《ぼうし》の形でこの老人が神官長であることが分かる。性別判定のためにわざわざ神官長が待っていたのは、ルークが曲がりなりにも貴族の子息だからだろう。

「こちらへどうぞ」

緊張《きんちょう》にこめかみの辺りが引きつるようなそんな感覚を覚えつつ、言われるままに椅子《いす》へと座る。目の前に出されたのは水晶玉《すいしょうだま》のような透明な球体だ。性別によって色が変わるという話は聞いていたので、これがそうかとまじまじと見つめる。一体どういう仕組みなのだろう？　こんなもので分かるというのがルークには不思議でならない。

「ここに手を載《の》せてください」

言われるままにそっと球体に手を載せる。見た目の印象に違《たが》わずひんやりとしていたそれが、徐々《じょじょ》に熱を帯びていく。

そして――――。

ゆっくりと体温が染《し》みこむように、手の触《ふ》れた部分から色が変わっていく。

夕日のような朱色《しゅいろ》だ。

「おお……」

神官長の口から感嘆《かんたん》したような声が漏《も》れたことに、ルークは身を強《こわ》ばらせる。じわりと冷や汗《あせ》が噴《ふ》き出す。

「おめでとうございます。――――あなた様はΩです」

言祝《ことほ》ぐように柔《やわ》らかな笑《え》みを浮《う》かべて、神官長ははっきりとそう言った。

◆

目を覚ますと、そこは自室だった。

薄暗《うすぐら》い室内でルークはぼんやりと天井《てんじょう》を見つめる。今は朝だろうかと思って何度か瞬《しばたた》き、それからハッとして飛び起きた。途端《とたん》に頭がくらりと揺《ゆ》れる。

ルークは自分に何があったかを、はっきりと思い出した。

朱色に染まっていく球体と、神官長の口から零《こぼ》れた嘆息。そして、ルークをΩだと告げた声……。

信じたくない。信じたくはないが、事実だ。

おそらくショックで昏倒《こんとう》した自分を、両親が連れ帰ってくれたのだろう。少し情けなく思うが、本当にそれほどのショックだったのだ。

Ωということは、自分は誰《だれ》かの嫁になるということだ。しかもいずれは子を孕《はら》み、出産することになる。考えただけで目眩《めまい》がする。

ルークはため息を吐《つ》いてベッドから下りると、カーテンをちらりと開けて外を見た。どうやらまだ夜にはなっていないようだ。雨が降り出しており、薄暗いのはそのためだろう。

ルークはカーテンを開けると、もう一度ベッドへと座る。自分の手に顔を埋《うず》めるようにしてもう一度ため息を吐いた。

正直、どうしていいか分からない。

今後のことを考えれば、暗澹《あんたん》とした未来しか見えない。田舎男爵《いなかだんしゃく》の次男とは言え、貴族の血を持つルークがΩであることが分かれば、すぐに方々から釣書《つりがき》が集まってくるだろう。そしてその中の誰かと結婚《けっこん》することになる。

もともと、継《つ》ぐものなど何もない次男であったから、現在は兄と共に父親の手伝いをしており、数字に強いと思われていたため、このままならどこか商家の婿《むこ》に入れるのではないかという話になっていた。実際のところ前世の数学の成績はそれほどよくはなかったが、必要とされるのは数学というより算数だったのでどうにかなっていたのである。

だが、その将来設計は全て無に帰した。

計算が得意、だなんて転生した特典と言うにはささやかすぎるチート……と思って内心笑っていたけれど、まさかこんな隠《かく》し球が用意されているとは。

Ωであることは、ある意味で言えば一発逆転を狙《ねら》えるチートということになるのだろう。

自分に婚姻を申し込んでくるのは、高位貴族が多いだろうし、これまでの人生では味わえなかったような贅沢《ぜいたく》も許されるのかもしれない。

だが、そんなものは決して望んでいなかったのに……。転生特典がこれだというなら、むしろ前世の記憶《きおく》など微塵《みじん》も残さないでおいて欲しかったと心から思う。

三度ため息を吐き、ルークは立ち上がって部屋を出る。階段を下りると居間から両親の声がした。

「まさか本当……――」

「――あぁ、なんてことだ……」

自分のことを話しているのだろうかと思いつつドアを開けると、ソファに座っていた両親と兄、兄の嫁である義姉《あね》が振《ふ》り向く。

「ルーク……！」

すぐに声をかけてくれたのは母親だった。ほっとしたように表情を緩《ゆる》めて立ち上がる。

「体調はどう？　倒《たお》れたときに少し頭を打ったようなのよ」

「いえ、大丈夫《だいじょうぶ》です。ご心配をおかけしました」

ルークがそう言うと、微笑《ほほえ》んで頷《うなず》く。

「ルーク、こちらに来なさい」

父親の声に振り向くと、正面に当たるソファへと座った。同時に義姉が立ち上がり、夕食の支度《したく》を手伝うと言って居間を出て行った。

男爵とは言え裕福《ゆうふく》とは言いがたいため、家事はメイド一人と義姉、母が協力してやってくれているのだ。

父親の苦悩《くのう》するように顰《ひそ》められた眉《まゆ》と、いつもより白く見える顔色に胸が騒《さわ》ぐ。

ルークには、どうして父がこんな顔をしているのかは分からなかった。本来ならば、自分がΩであったことは紛《まぎ》れもない慶事《けいじ》のはずだ。

「……ルーク、お前に話さなければならないことがある」

妙《みょう》に歯切れの悪い口調でそう言う父親に、ルークは眉を寄せる。

「なんですか？」

「うん……その、実はな……」

よほど言いにくいことなのか、そこで一旦《いったん》言葉を句切り、覚悟《かくご》を決めるように大きく息を吐く。

「実は、お前が子どもの頃《ころ》から結婚を申し込んできている相手がいるのだ」

「子どもの頃からですか？」

その割には初めて聞く話だ。しかし、性別が分かる前ということは、どこかの商家なのだろうか？　そう思ったのだが……。

「お相手は、ファーレンハイト公爵《こうしゃく》だ」

「……は？」

あまりにも思考の埒外《らちがい》の言葉に、ルークはぽかんと口を開けた。

ファーレンハイト公爵？　公爵？

「うちは男爵ですよ？」

ウォルタンス王国における爵位の順は下から男爵・子爵・伯爵《はくしゃく》・侯爵《こうしゃく》・公爵だ。つまり公爵と言えば男爵より四つも上の位にある。

その公爵家から、男爵家へと婚姻《こんいん》の申し入れがあるなど、普通《ふつう》であれば考えられないことだ。もちろん、ルークがΩであると分かっている今ならば話は別だ。しかし、バース性が分かる前からというのはどう考えてもおかしい。

「もちろん分かっている。だが事実なのだ」

そう言って父親が説明したことによると、なんでもファーレンハイト公爵側からは、ルークはΩであり公爵の運命の番《つがい》だと言われていたらしい。

「運命の番って……そんなことあり得ますか？」

運命の番というのは、ちょっとしたおとぎ話だ。

曰《いわ》く、αとΩには単なる番ではなく、出会った瞬間《しゅんかん》から心を惹《ひ》かれ合う、運命の番と言われる相手が存在するという。

運命の番かどうかは、出会った瞬間に分かるというが、そもそも複数のα及《およ》びΩに出会うこと自体が難しい。そのため、確認《かくにん》のしようなどないし、そんなものが実際に存在するのか疑わしいとされている。

「そもそも、その公爵様に会ったことはないと思うんですが……」

「私もそれは指摘《してき》したのだが、相手からは間違《まちが》いないという返答でね」

それでも、性別がはっきりするまではと、婚約は保留にしていたのだという。だからこそ、両親はルークが性別判定をギリギリまで引き延ばすことに、反対しなかったらしい。

だが、それはそれでおかしな話だ。

「どうしてです？　公爵家との縁談《えんだん》なんて……どう考えても、十四歳になってすぐに性別判定を受けさせられてもおかしくない案件だと思うんですが」

もちろん、ルークは父親が権力志向の強いタイプではないことは知っている。それでも、公爵家は王家に次ぐ地位だ。断れるものでもないし、保留にする意味があるのかは疑問だ。

もちろん、父がルークのΩだけは嫌《いや》だという気持ちを汲《く》んで判断してくれたというなら、感謝するけれど……。

「う、うむ……それがな……」

そこで父親は言葉に詰《つ》まり、沈黙《ちんもく》が落ちる。よほど言いづらいことなのだろうか。

「家格が違いすぎますし、私の身を案じてくれたということでしょうか？」

助け船を出すようにルークがそう訊《き》くと、父親はようやく口を開いた。

「身を案じた、と言えばそうだ。だが……家格の問題ではないのだ。いくら家格の差があろうと番になれば――そしてそれが運命の番だというならなおさら、お前を大切にしてくれるとは思う。だが……ファーレンハイト公爵は、呪《のろ》われた公爵とも呼ばれていてな」

「呪われた公爵？」

まるでファンタジー世界のような言葉が出てきたことに、ルークは驚《おどろ》いた。この世界はルークにとっては主に性別の上でファンタジーであったが、日常的に魔法《まほう》や魔物などが存在しているわけではない。魔女が存在しているという話は聞いたことがあるが、それ自体は前世でも俗《ぞく》信《しん》としてあった話だ。眉唾物《まゆつばもの》であろうと、ルークは思っていた。

だというのに、呪い、とは。

「呪いなんて、そんなものが本当にあるのですか？」

「分からん。そう言われている理由もな。しかし、ファーレンハイト公爵が、今まで一度も人前に出たことがないのは確かだ」

結婚《けっこん》の申し込みも、本人が顔を見せたわけではないという。もちろん、その件だけならば、貴族としておかしな話というわけではないが……。

「けれど、余計に分かりませんね。どうしてそれで、私が運命の番だと分かったのか……」

「それは私にも分からんよ。だが、こうなっては仕方がない。早急《さっきゅう》にファーレンハイト公爵に連絡《れんらく》しなければならないだろう」

「――……どうしても連絡しなければなりませんか？」

苦いため息を吐《つ》いた父親に、言うまいと思っていた言葉が口をついてしまう。案の定、父親は困ったように眉を下げる。

「私もお前を呪われた公爵へ嫁《とつ》がせたくなどない。だが、家格の差がありすぎて断れんのだ」

分かっていた答えに、ルークはぐっと唇《くちびる》を噛《か》んで俯《うつむ》いた。

ルークとて、貴族の子息として仕方のないことだというのは分かる。父親が喜んで自分を嫁《とつ》がせようとしているわけではないということも……。

「ルーク……」

母親が苦しそうな声で、名前を呼ぶ。隣《となり》に座っていた兄が、慰《なぐさ》めるようにルークの肩《かた》を叩《たた》いた。

家族も皆《みな》、ルークがΩになることを厭《いと》っていたことを知っている。厭う理由に関しては理解してもらえなかったけれど、それでもなお気持ちは尊重してくれていた。

だが、こうなればもう、どうしようもない。

「分かりました。ファーレンハイト公爵に嫁ぎます……」

震《ふる》える声で、ルークはそう口にするほかなかった。

◆

「はぁ……」

窓の外を流れていく景色を見ながら、ルークはため息を吐く。最近馬車に乗るときはため息ばかり吐いている気がするが、気のせいではあるまい。

だが、ため息を吐くくらいは許して欲しい。なぜなら自分は今、婚約者の住む屋敷《やしき》へと連行されている最中なのだから……。もちろん、連行というのはルークの心情によるものであって、実際は単にファーレンハイト公爵家から来た迎《むか》えの馬車に乗せられている、というだけなのだけれど。

――あの後は怒濤《どとう》の展開だった。

ファーレンハイト公爵家に手紙を出したところ、すぐさま先触《さきぶ》れがあり、代理だというケーニッヒという二十代半ばの男が公爵の手紙を携《たずさ》えてブレネイス家にやって来たのである。

そして、このますぐにでもルークを迎え入れたいと言われ、あれよあれよという間にルークは書面で婚約を結び、ファーレンハイト家に行くことになってしまった。貴族の場合、正式には婚約式にて婚約の儀《ぎ》といわれるものをすることで、付き合いのある他家に周知する必要があるのだが、書類だけでもとりあえずの形は整う。

そして婚約後であれば、正式な婚姻の前に婚家へ入って家のことを学んで欲しいと言われること自体は、珍《めずら》しくはない。特にαとΩの婚姻の場合は、婚約の時点で番となることが許されているため、婚家で過ごすほうが普通だという。

まぁ十四歳で発覚することがほとんどなのだから、それから成人し、婚姻するまで番にせずにいればどこでどんな妨害《ぼうがい》や事故が起こるか分からない。確実にΩを手にするには番にしてしまうのが一番ということなのだろう。

Ωはそれほどに稀少《きしょう》であり、同時に危《あや》うい存在である。発情期をコントロールするためにも、早めに番を得ることはΩにとっても悪いことではない。

なぜかこの期《ご》に及んで発情期の来ていない自分には、ピンとこないことではあるけれど……。

結局、断ることもできないまま、十八歳の誕生日は実家で祝いたいという要望だけは通り、誕生日の三日後である今日、ファーレンハイト家から迎えに来た馬車に乗ることとなったのだった。

黒塗《くろぬ》りの馬車は一見地味に思える見た目をしていたが、内装は素晴《すば》らしかった。特に座席のクッションはブレネイス家にあるどのソファよりも柔《やわ》らかく、最新のサスペンションが取り入れられているのか、走り出してからも快適の一言だ。

ファーレンハイト公爵《こうしゃく》の屋敷は、王都から半日程《ほど》の場所にあり、ブレネイス家からは馬車で四日の距離《きょり》だった。一日目の早朝に屋敷を出て、到着《とうちゃく》は四日目の午後。途中《とちゅう》で用意されていた宿は三日ともその街における最高級の宿であり、途中途中で供される食事も移動中とは思えない気の利《き》いたものだった。不便を感じることはほぼなく、まさに至《いた》れり尽《つ》くせりの旅だったと言える。

ファーレンハイト公爵の領地は、偶然《ぐうぜん》にもルークの祖父に当たるトレーニー伯爵《はくしゃく》の領地の隣であったため、子どもの時分にも同じような行程で旅をしたことがあった。だが、あのときは尻《しり》が痛いと泣いて両親を困らせた記憶《きおく》がある。だからこそ、あまりの快適さに驚いてしまった。

また、馬車に自分以外が乗っていなかったことも、随分《ずいぶん》と気を楽にさせてくれる。従僕と護衛はいたけれど、トマスと名乗った従僕は後続の馬車に荷物と共に乗り、護衛のマーカスは馬車の周囲を馬でついてきていたため、顔を合わせる時間はそれほどなかったのである。

理由が、主人の妻になるルークと二人きりで馬車に乗ることは許されないというものだったことは、正直複雑だったが……。Ωである以上、男性とも女性とも番になれるのだから、ある程度配慮《はいりょ》が必要なのだろう。ルークからすれば、男と番《つが》うことなど考えたくないというのが本音なため、無駄《むだ》な配慮だとは思う。

旅は快適で、一人の時間は長い。そうなれば当然、ルークはこれからのことを考えずにはいられなかった。

ここに至るまでの日々はあまりに急で、不安と戸惑《とまど》いに苛《さいな》まれつつも、深く思い悩《なや》むどころではなかったのである。手伝っていた仕事についての引き継《つ》ぎなどをして、友人に別れを告げ、荷造りをして、同時にΩやαについて書かれた本も読むように言われた。

もちろん一度は学んでいたが、それはそこまで深いものではなかった上、全く知りたいと思えなかったため積極的に忘却《ぼうきゃく》していたのだ。

だが、自分がΩであった以上、知っておく必要があるのは確かだ。本には以前習ったことだけでなく、さらに深い部分に踏《ふ》み込んだところまで書かれていた。

分からないから怖《こわ》いのかもしれない。自分にはあまりに未知のこと、不可解なこと過ぎるから、恐《おそ》れるのかもしれない。そう思い、覚悟《かくご》を決めて知識を得たが、恐怖《きょうふ》が薄《うす》れることはなかった。

まず、発情期は定期的にあり、多少の前後はあれ一ヶ月周期の場合が多いという。番がいない場合は、ある程度の年齢《ねんれい》になるまで必ず毎月のようにあるらしい。十八歳になっても発情期が来ないのは珍しいようだが、十七歳くらいまでなら全く例がないわけではなかった。

そして、番がいる場合、番が近くにいないときは発情による性的欲求《よっきゅう》は抑《おさ》えられる。これは番から出ているフェロモンによるものだという。

Ωの発情フェロモン――浴びたものを発情状態にするものとは別に、αにもフェロモンがある。それは通常時は、他者を精神的に支配する効果があるが、同時に番の発情時の性的欲求を促《うなが》す効果もあるらしい。

発情期は番《つがい》の有無《うむ》にかかわらず平均三日間続き、その間は妊娠《にんしん》可能となる。また、番が近くにいない場合も、性的欲求が抑えられているだけで、妊娠自体は可能となるらしい。

「妊娠……」

ルークは自分の薄い腹を見下ろす。正直、ここに子どもができるなど、考えられない。自分はΩだと言っても男である。嘘《うそ》か本当かは知らないが、前世では、男は出産の痛みに耐《た》えられないと聞いたことがあった。鼻からスイカが出るような痛みだという話も……。

「無理……絶対無理……」

自分が特別痛みに弱いとは思わない。おそらくだが平均的なのではないだろうか。だが耐えられないと言われている痛みを耐える自信は全くない。

そして、それ以上に自分の中で命が育つというのが、純粋《じゅんすい》に恐ろしい。

そもそも体の機構はどうなっているのか。本によれば体内に弁のようなものがあり、発情期にはそれが開くことによって妊娠が可能になるらしいのだけれど……。

それにいくら発情期がくれば自ら番を求めることになるのだと言われても、今は全くそんな気がしないし、自分がそうなってしまうのも怖い。

男に抱《だ》かれるというだけで、怖いのに……。

そう考えて、ルークは自分の相手であるファーレンハイト公爵に思いを馳《は》せる。

一体、ファーレンハイト公爵というのはどういう人だろう。持っている情報はそれほど多くない。歳は六歳上の二十四歳。侯爵《こうしゃく》家の生まれだが、母親が王妹《おうまい》という、田舎《いなか》の男爵など普通《ふつう》ならば目通りも叶《かな》わないほど高貴な血筋であり、そのことからファーレンハイト公爵家を継ぐために養子に出されたという。

呪《のろ》われた公爵、というのは社交界で広く囁《ささや》かれるものではなく、高位貴族のみが知ることらしい。それをなぜ父親が知っていたかと言えば、祖父の古い友人が侯爵家の出で、領地が隣《となり》だからと親切心からか公爵にまつわる噂《うわさ》を耳に入れたらしい。尤《もっと》も、なぜそんな噂があるのかまでは、聞かせてもらえなかったらしいが……。

呪われている、と聞いてパッと思いつくのは、皮膚《ひふ》に呪われた模様が浮《う》かび上がっているなどの身体的に醜《みにく》い部分があるだとか、痛みや不眠《ふみん》を抱《かか》えて痩《や》せさらばえているだとか、寿命《じゅみょう》が短いだとかだ。あとは、周りを不幸にするなどもあり得るだろうか。

ルークは呪いなど信じていないから、周りを不幸にするというようなものならば気にならない。公爵であり、王家の血を引くことを思えば権謀術数《けんぼうじゅつすう》により不幸を囲うこともあっただろうと思う程度だ。

だが、周囲が呪われていると信じているならば、なんらかの理由はあるのだろう。

正直相手が男であるというだけでもう夢も希望もないのだが、恐ろしい姿でないといいなと か、せめて性格が合えばいいなというくらいの希望は、抱《いだ》いていても罰《ばち》は当たるまい。

こんなとき、前世の価値観が少しだけ邪魔《じゃま》をする。もしも記憶がなかったら、Ωであったこともきっと喜べただろう。一体どうして、こんな記憶を持って生まれてしまったのかと思う。

ついつい暗くなっていく思考を止めることができず、馬車の快適さとは裏腹に、ルークの表情はどんどんと暗いものになっていった。

そして、そうこうするうちに、馬車は森の中へと入って行く。森の中の道は細く、馬車一台分しかなかった。道の状態もあってか、馬車の速度がゆっくりになる。ルークはカーテンをちらりと開けて森を見つめた。ずいぶんと深い森だ。こんな森の奥に屋敷《やしき》があるのだろうか？それとも森を抜《ぬ》けた先に？

まだ日が高い時間であるにもかかわらず、鬱蒼《うっそう》とした森は薄暗《うすぐら》く、どことなく淋《さみ》しさを感じさせる。そんなふうに感じるのは、自分の心情によるものだろうか。ブレネイス領にも森はあり、子どもの頃《ころ》はよく入り込んで怒《おこ》られたものだ。あの森はもっと、明るく感じられたけれど……。

そうしてやがて、馬車は一軒《いっけん》の屋敷の前で停車する。屋敷の塀《へい》は高く、馬車の窓からは中の様子はまったく見えない。

すぐに門が開き、動き出した馬車が前庭を通って車寄せへと向かう。そして、再び停車した。いよいよだ。心臓が痛いほど波打っている。

馬車のドアが開かれて、ルークはこっそり深呼吸すると、馬車を降りる。そして、玄関《げんかん》のほうへと視線を向けたルークは、ぎょっとして立ち止まった。

小塔《しょうとう》を備えた城館は年代を感じさせる立派な造りで、こんな森の中にあることが不思議なほどだ。しかし、公爵家の持ち物であることを考えれば、本宅というより小規模な別邸《べってい》といった程度だろうから、その点で違和感《いわかん》はない。

ルークが驚《おどろ》いたのはその城館の、ペロンと呼ばれる階段のある玄関の前に、執事服《しつじ》を着たケーニッヒを始めとした使用人らしき者たちと一緒《いっしょ》に、一頭の大きな犬のような動物がいたことである。

真っ白な毛並みに、青い瞳《ひとみ》。体の半分以上をケーニッヒのうしろに隠《かく》すようにしているが、こちらが気になるのか視線はじっとルークを窺《うかが》っている。しかしそもそも、体が大きいため全く隠れられていない。頭の位置はケーニッヒの胸の下辺りまであり、かなりの大きさだ。ケーニッヒは、身長一七〇センチ程度のルークより少し背が高かったはずなので、体高は一メートルを超《こ》えているのではないだろうか。ここまで大きな犬をルークは見たことがなかった。正直、犬の大きさではない。いや、ひょっとして犬ではないのだろうか？　狼《おおかみ》？

正直この世界にどんな犬種があるのか、ルークは知らなかった。あれほどの大きさの犬がいることが普通のことなのかも分からない。今までは牧羊犬くらいしか、見たことがなかった。牧羊犬とて大きなものは大きいが、さすがにここまでの大きさではない。

そう考えてから、何か頭に引っかかるものがあった。

――牧羊犬以外見たことがない？　本当にそうだろうか？

いや、この大きさの犬を見たことがないのは事実だ。しかし、その真っ白な毛並みと、何より深い海のような青い瞳には見覚えがある気がした。

「あ……」

ルークは大きく目を見開く。

まるで開かなかった引き出しが音を立てて開いたかのように、幼い日の記憶《きおく》があふれ出す。

――そうだ、自分は子どもの頃、この犬に会ったことがある。

真っ白い毛に、深い海のような青い瞳。その目がサファイアのようにきれいだったから、サフィという名前を付けたのだ。

確か七つになった頃だ。出会いは森の中。祖父の領地に遊びに来たルークは、従兄弟《いとこ》の悪戯《いたずら》によって森の中へ置き去りにされてしまったのである。前世の記憶ゆえに年相応の子どもとはいえなかったルークは、すぐに森を抜けて屋敷に戻《もど》れば従兄弟の機嫌《きげん》を損《そこ》ねるだろうと分かっていた。

だが、長居すればなんらかの獣《けもの》に出会わないとも限らない。どうしたものかと思っていたときに、サフィに出会ったのだ。

大きさはおそらく今の半分ほどだったと思う。だが、ルーク自身も子どもだったため、随分《ずいぶん》大きく感じた。もともと前世では犬を飼っていたこともあり、犬好きだったせいもあってか、怖《こわ》いと思うことはなく、サフィもルークと一緒にいるときはずっと穏《おだ》やかだったように思う。

サフィは賢《かしこ》く、日が傾《かたむ》く前に森の入り口近くまで案内してくれて、ルークは獣に襲《おそ》われるようなこともなく屋敷に帰ることができた。

その後も、ルークは屋敷を抜け出しては森へと行き、サフィと遊んだ。サフィはまるでルークが来ると分かっていたかのようにいつも待っていてくれたが、連れて帰ろうとすると逃《に》げてしまう。

だが、明日はブレネイス領に帰るという日。もうここには来られないから一緒に行こうと言ったルークに、サフィは突然《とつぜん》牙《きば》を突《つ》き立てた。血が出るほどに強く噛《か》みつかれて、ルークは大泣きし、気付くと屋敷に戻されていた。なんでも森の入り口に倒《たお》れていたのを領民が発見したのだという。それまではずっと仲良しだったから、噛みつかれたときは本当に驚いたし、それ以上にショックだった。そして、そのせいか何日か熱を出して寝込《ねこ》んだルークは、それ以降祖父の屋敷を訪《おとず》れることもなく、サフィのことも忘れてしまっていたのである。

ルークはじっと、サフィとおぼしき犬を見つめた。

犬はケーニッヒのうしろに体を半分隠すようにして、ルークの様子を窺っている。耳と尻尾《しっぽ》はしょんぼりと垂れ、まるでルークのことを覚えていて、噛みついたことを反省しているのだと言わんばかりの態度に思えた。

「……サフィ？」

ぽつりと零《こぼ》れた言葉に、犬の耳がピンと立つ。白い尻尾がふさりと揺《ゆ》れた。

その反応に、やっぱりこの犬はサフィなのだと確信する。どうしてここにいるのだろう？

ひょっとして、ここの屋敷の人間に拾われたのだろうか。

ルークは玄関へと近付く。すると、ケーニッヒの隣にいた初老の男がにっこりと微笑《ほほえ》んで頭を下げる。

「ようこそいらっしゃいました。お待ちしておりました」

言葉と同時にその場の全員に頭を下げられて、ルークは戸惑《とまど》う。

「……あ、その、こちらこそ、迎《むか》えの馬車を出してもらってありがとうございました」

完全にサフィのほうに意識が行っていたルークは、取り繕《つくろ》うように笑って礼を言う。そして、再びちらりと犬に目を向けた。

「ええと、その、そちらの犬は……」

「……こちらの『狼』は当家の守り神のようなものでして……」

ルークの問いに、初老の男が答える。ルークは、狼だったのか、と内心思いつつ、サフィをじっと見つめた。途端《とたん》に、サフィはケーニッヒの後ろへと顔を引っ込めてしまう。

「――なんで隠れるんですかっ」

ケーニッヒが身を捩《よじ》るようにサフィの前から体を引いた。そのまま後ろに回るとサフィをルークのほうに押し出そうとする。

きれいな青色の瞳が、どこか気まずそうな色をたたえているように見えるのは、気のせいだろうか。

「触《さわ》らせてもらっても、大丈夫《だいじょうぶ》ですか？」

「……ええ！　もちろんですとも」

ケーニッヒは軽く目を瞠《みは》ってから、嬉《うれ》しそうに笑って大きく頷《うなず》いた。ルークは目線を合わせるように少し屈《かが》んで、その青い目を覗《のぞ》き込む。

「……元気だった？」

わう、と小さくサフィが鳴く。怒っていないのだろうかと窺うように、サフィの目がじっとルークを見つめる。

あの日の痛みを思い出したはずなのに、ルークは不思議とサフィを怖いとは思わなかった。

「……もう噛みつかないでくれる？」

サフィはもう一度鳴くと、パタパタと尻尾を振《ふ》った。どうしてだろう、それがとても嬉しくて、ルークはぎゅっとサフィの首に抱《だ》きつく。大切にされているのだろう、洗い立てなのか、花のようないい香《かお》りがする。

サフィは嫌《いや》がるようなそぶりもなく、ルークの好きなようにさせてくれた。やっぱり、やさしい子なのだと思う。腕《うで》を緩《ゆる》めて顔を覗き込むと、ぺろりと頬《ほお》を舐《な》められた。

ルークは思う存分サフィを撫《な》でると、我に返って立ち上がる。

「あ、あの、すみません」

「謝らないでください」

子どものような態度を取ってしまったと自覚して、少し恥《は》ずかしくなったのだが、ケーニッヒはそう言って微笑んでくれる。

「この方は自由に屋敷《やしき》を歩き回られるので、ルーク様が怖がられるようでしたら何か対策をと考えていたのですが、問題ないようで安堵《あんど》いたしました」

そう言われて、なるほどと頷く。確かにルークが犬――ではなく、狼を怖がるようならば屋敷での生活は辛《つら》いものになっただろう。

わざわざ玄関に連れてきていたのは、その辺りを見るためだったのかもしれないと思う。

「では、とりあえずルーク様のお部屋にご案内いたしますね」

ケーニッヒの言葉に頷いて、ルークは屋敷の中へと足を踏《ふ》み入れた。

屋敷の中は年代を感じさせる重厚《じゅうこう》な内装で、玄関ホールには美しい生花が飾《かざ》られ、馥郁《ふくいく》とした香りがする。壁《かべ》には品のよい絵画が飾られていて、天井《てんじょう》からは美しく磨《みが》かれたシャンデリアが下がっていた。ぱっと見派手派手しくはないものの、飾られている絵画や壺《つぼ》などは自分が予想もつかないような値段なのだろうなと考えずにはいられない。

飴色《あめいろ》に磨かれた手すりの階段には、織りの美しい絨毯《じゅうたん》が敷《し》かれており、軽い足取りで上っていくケーニッヒのあとをルークは黙《だま》って追う。そのあとを、荷物を手にしたトマスがついてきていた。

サフィも一緒《いっしょ》に来るかと思っていたけれど、階段の下でふいと違《ちが》う方へ向かっていった。それを少し残念に思ったが、今は部屋に案内してもらうほうが先だろう。

ルークの部屋は二階の奥にあった。控《ひか》えの間を抜《ぬ》けた先のドアをケーニッヒが開け、中に入るように促《うなが》してくれる。

「……っ」

部屋の中を見たルークは、叫《さけ》びそうになって、ぐっと堪《こら》える。

広い部屋の中には、真新しいソファセットや飾り棚《だな》が置かれ、壁には明るい色使いの風景画が掛《か》けられている。新しいのは家具だけでなく、壁紙も絨毯もカーテンも、全《すべ》てが新品のようだった。わざわざルークのために新調してくれたのだろうか。

「いかがでしょうか？　お気に召《め》さない点がございましたら、おっしゃってくださいね」

「い、いいえ、とんでもない。……とても、素晴《すば》らしいと思います」

それ以外に何が言えただろう。ケーニッヒはよかったというように頷くと、室内の説明をしてくれる。

トイレは控えの間にあった扉《とびら》の先、ここは居間で、室内のドアは小さな浴室に繋《つな》がるものと衣装室、寝室《しんしつ》に繋がるものの三つ。

ケーニッヒはその全ての扉を開いて説明してくれたのだが、ルークは衣装室に納められた大量の服を見た時点で腰《こし》が引けていた。

「食事は一階の食堂にご用意いたします。お荷物の整理は私がお手伝いしてもよろしいですか？」

トマスが運び込んでくれたトランクのことだろう。

「い、いえ、大した量ではないので自分でやります」

Ωが嫁《とつ》ぐ場合の慣例として、持参金は必要ない上に、服や必要となるだろう小物なども全て用意するから身一つで来て構わないと言われていたため、ルークの荷物はたったのトランク二つだけだった。

「かしこまりました。浴室の用意が調《ととの》っておりますので、よろしければお使いください。お着《き》替《が》えだけご用意しておきますね」

「ありがとうございます」

入浴を手伝うと言われなかったことにほっとしつつ礼を言うと、ケーニッヒは衣装部屋から着替えを浴室に運び込み、晩餐《ばんさん》の時間になったら呼びに来ると言って、トマスと共に部屋を出て行った。

ようやく一人になって、ルークはソファに座り込む。そのソファに張られた布地はうっとりするような手触《てざわ》りのビロードで、座り心地《ごこち》は最高のはずなのにどことなく落ち着かない。だが、慣れるしかないのだろう。

ティーテーブルの上には部屋の案内をされている間にトマスが用意してくれたお茶が、ふわりと湯気を立てていた。せっかくだからと手を伸《の》ばし、口に含《ふく》む。香り高い紅茶は水色までも美しく、疲《つか》れた体に染《し》み渡《わた》るようだ。

サフィとの思わぬ再会に驚《おどろ》いて忘れていたけれど、こうしてみると自分が疲れていたことが分かった。

そう言えば、ファーレンハイト公爵《こうしゃく》は出迎《でむか》えてくれなかったなとぼんやり思う。だが、特に不満はない。このまま会わないで済むならそのほうがいいくらいだ。

だがとりあえず、部屋を見る限り歓迎《かんげい》されていないということはなさそうだった。ありがたいような、プレッシャーを感じるような、複雑な気分ではある。

「それにしても、まさかサフィがここのうちの子だったなんてなぁ……」

びっくりしたけれど、嬉しい。それに、思わぬ再会に驚きすぎて緊張《きんちょう》が吹《ふ》っ飛んだのもよかった。

「随分《ずいぶん》大きくなってたな……」

確か最後に祖父の領地に行ったのは、十年ほど前だ。あの頃《ころ》も大きい犬だと思っていたけれど、まだ子犬だったのかもしれない。

「いや、子狼《こおおかみ》か」

呟《つぶや》いてからくすりと笑う。最後に噛《か》まれたとは言え、あんなにも穏《おだ》やかな狼がいるとは思わなかった。ブレネイスの領地にも狼は出る。だが、もっと小さく、牧羊犬のほうが大きいくらいだったし、色も灰色だったのだ。

ケーニッヒはサフィを守り神のようなもの、と言っていたけれど、実際この国には白い狼は神の眷属《けんぞく》とする教えがある。

あれだけ美しく大きな狼ならば、そう思うのも無理はないのかもしれないと、ルークは初めて思った。

「……そう言えば、名前を訊《き》くの忘れたな」

サフィと呼んでしまったけれど、この家で付けられた名前があるだろう。あとで訊いてみようと心にメモする。

「とりあえず、風呂《ふろ》に入ろうかな」

このままソファにごろりと横たわってしまいたかったが、荷物の整理を断った手前、きちんと終わらせるべきだろうし、晩餐の前に旅の垢《あか》を落としたい気持ちもある。

ルークは勢いを付けて、重い腰を上げた。

ケーニッヒの案内で食堂へと向かいつつ、ルークはこっそりと深呼吸する。

着替えだと言って用意されていたのは、ルークの価値観からすると、随分と豪華《ごうか》な服だった。実家では、晩餐に着飾《きかざ》るという風習は全くなかったが、公爵家では違うのかもしれない。これが毎回だというなら、肩《かた》が凝《こ》りそうだとは思うけれど、郷《ごう》に入っては郷に従えというし……。

正直この歳まで、自分が誰《だれ》かに嫁ぐだなんて考えてもみなかったが、次男としてどこかに婿《むこ》入《い》りすることはあり得ると考えていた。その際は、相手の家に合わせることになるだろうということも。それが、こんな格上の家だとは思ってもみなかったが……。むしろ平民の商家辺りがいいところだろうと思っていたのだ。

とりあえず、もうどうしようもない。何一つ心は納得《なっとく》していなかったが、それでも覆《くつがえ》せないということは頭では理解している。

それでも、これから公爵本人に会うのだと思えば緊張は弥《いや》が上にも高まっていく。

ファーレンハイト公爵――ウィリアム・ウルラート・ファーレンハイト。現在の国王陛下の甥《おい》に当たる尊い血筋だが、今まで公《おおやけ》の場に一切《いっさい》顔を出したことはないという。そして、呪《のろ》われた公爵という噂《うわさ》……。

一体どんな人物なのだろう？　家令のモーリスは大して言葉を交《か》わしたわけではないが、柔《にゅう》和《わ》な雰囲気《ふんいき》の人物だったし、執事《しつじ》であるケーニッヒは若く、どちらかと言えば気さくな雰囲気の男で、公爵家という家格の重さにも、呪われた公爵というフレーズにもそぐわない。彼らのようなタイプを身近に置いていることを考えると、公爵自身も厳格な人物ではないかもしれない、などと考えるのは希望的観測すぎるだろうか。

階段を下り、右手へ向かうと程《ほど》なくしてケーニッヒが立ち止まった。ゆっくりと開かれた扉を潜《くぐ》り、食堂に足を踏《ふ》み入れる。

楕円《だえん》形のテーブルの真上に、小ぶりだが美しいシャンデリアが下がっている。壁《かべ》は少しオレンジがかったクリーム色で、火の入れられた大きな暖炉《だんろ》があった。窓のカーテンは閉まっていたが、方角からして中庭に面しているようだ。

案内された席に着くと、すぐに別の扉から男が一人入ってきた。ハッとして立ち上がると、男はその顔に喜色を浮《う》かべてルークの下《もと》へと近付いてくる。

「ウィリアム・ウルラート・ファーレンハイトだ。よく来てくれた」

「……ルーク・ブレネイスです。あの……お世話になります」

驚くほど嬉《うれ》しそうに言われて面食《めんく》らいつつ、どうにかそれだけを口にする。公爵であり、婚《こん》約《やく》の儀《ぎ》はまだとは言え、書類上ではすでに婚約を結んでいる相手にする挨拶《あいさつ》ではなかったかもしれないが、それでも精一杯《せいいっぱい》なほどルークは驚いていた。

これほど美麗《びれい》な男を、ルークは目にしたことがなかった。

――どこが呪われた公爵なのだろう？

神に祝福された公爵、と言われたほうがよほど納得がいく。

銀色の髪《かみ》に、青い瞳《ひとみ》。人間離《ばな》れした、まるで美術品のような顔貌《がんぼう》に間近からまっすぐ見つめられて、妙《みょう》にどきどきしてしまう。

「ずっと会いたかった。ルークと呼んでいいか？」

「は、はい」

ガクガクと震《ふる》えるように頷《うなず》くと、心から嬉しそうにふわりと笑った。

「俺のことはウィルと呼んでくれ」

「えっ、そ、そんな、あの……畏《おそ》れ多くて……」

厳格ではないかもとは思ったけれど、思った以上の気安さを求められて咄嗟《とっさ》に頭《かぶり》を振《ふ》る。けれど……。

「書類上はもう婚約しているんだ。婚約式まで時間はあるとはいえ、今から慣れておいたほうがいい」

そう言われてしまえば確かにそうで、結局は頷いた。

そのあとは席について、ようやく晩餐が始まる。

運ばれてくる食事はどれもおいしかったと思う。だが驚きと緊張がまだ残っていて、味の印象が薄《うす》くなってしまう。

ファーレンハイト公爵の——ウィリアムの容姿について、具体的な想像をしたことはそれほどなかったと思う。ただ、呪われたと冠《かん》するくらいだから陰鬱《いんうつ》で、誰の前にも姿を見せないという話から病的な印象を抱《いだ》いていたのだ。

まさか、こんな麗《うるわ》しい男だなんて、考えてもみなかった。その上、大貴族だとは思えないほど人当たりがいい。

厳格さも尊大さもない。黙《だま》って伏《ふ》し目がちに皿を見つめる顔は整いすぎて近寄りがたさを覚えるほど美しいのに、ルークに向ける笑顔《えがお》は眩《まぶ》しいほどでありながらどこまでも柔《やわ》らかい。

一体なぜ人前に出ないのだろう？　と疑問に思う。

外見に問題はなく、怪我《けが》や病気を患《わずら》っている様子もない。人嫌《ぎら》いだとか、気難しいというふうにも見えない。

ならばなぜ？　なぜ人前に出ず、なぜ呪われた公爵などという噂があるのか……。

しかしそんな疑問も、ちらりと視線を向けた先で、待ち構えていたような微笑《ほほえ》みを向けられると霧散《むさん》してしまいそうになる。

相手が男だというのは分かっている。というか、女性的な美しさではないし、そこを誤解する余地はない。身長だって、自分より頭一つほども高いのだ。

αは外見も優《すぐ》れていると聞いてはいたけれど、まさかこれほどだとは……。

とはいえ、いくら美麗だからといってこの男と結婚《けっこん》するなんてやはり信じられないという気持ちに変わりはない。

むしろ、なぜこんな芸術品のような男と自分が？　と更《さら》に疑問が深まった。

自分も無理だと思っているけれど、ウィリアムだってこんな平凡《へいぼん》な男が自分の番《つがい》であることに疑問を感じるのではないだろうか?

そんなことを考えつつ、じっとウィリアムを見つめていたせいだろう。

「どうした? 口に合わないか?」

「え、いえ、そんなことはないです」

それだけは違《ちが》うと慌《あわ》てて否定する。

「なら、俺に何か言いたいことがあるのか?」

そう問われて、思わず言葉に詰《つ》まった。そのせいで何もないと否定することが難しくなってしまう。

けれど、それならば……。

「いえ……その……どうして自分なのか、と思いまして」

「うん?」

「確かに私はΩですが、ファーレンハイト公爵《こうしゃく》ならば、他《ほか》にいくらでも——」

「ウィル」

「え?」

言葉を遮《さえぎ》られて、ルークはぱちりと瞬《しばたた》く。

「ウィルと呼んでくれと言っただろう?」

「あ……え、えぇと……ウィル様」

「ウィル。様はいらない」

「そんな、む、無理です！」

ぶんぶんと音がしそうなほどの速さで頭を振ると、仕方ないというように苦笑《くしょう》された。

「仕方がない。今のところはそれで我慢《がまん》しよう」

「……ありがとうございます……？」

何かおかしいと思いつつも礼を口にすると、ウィリアムは頷いて微笑む。

「それで？　俺なら他にいくらでも？」

「あ、そうです。ウィル様なら、いくらでもお相手が見つかりそうなものなのになぜ私なのかと思いまして……」

Ωの数が少ないといっても皆無《かいむ》ではない。ウィリアムの立場ならば、もっといい相手も見つけられただろう。呪われた公爵という噂が邪魔《じゃま》をしたのだろうか？　等と思ったのだが……。

「そんなのは簡単だ。ルークが俺の運命の番だと分かったから、ルークを求めた。それだけだ。もちろん、他の相手なんていないし、考えたこともない」

「分かったって……」

会わずとも分かるものなのだろうか？　父親の言葉によれば、ウィリアムがルークに結婚を申し込んできたのは、ルークがまだ子どもの時分であり、申し込みには本人が来たわけではないという話だった。

「お会いしたのは、今日が初めてだと思うのですが？」

「いいや、それは違う」

思わぬ言葉に、ルークは目を瞠《みは》る。まさか、会ったことがあるというのか？

「だが、随分《ずいぶん》と昔のことだ。ルークに覚えがないのは仕方がない」

「それは、あの……申し訳ありません」

一体いつのことだろう？　だが、自分との年齢《ねんれい》差は六。もしも物心が付く前のことだったとしたら、覚えてない可能性は大きかった。

とはいえ、まだ疑問は残る。こんなことを言っても大丈夫《だいじょうぶ》かとためらいつつも、ルークは口を開く。

「ですが正直、私にはこうして実際お目にかかった今でも分かりません。……自分があなたの運命の番だなんて、思えないのです」

怒《おこ》るだろうかと思いながら、そっとウィリアムを見る。

「正直だな」

ウィリアムは怒ることなく、そう言って苦笑した。

「だが――それでもルークはもう俺の番だ」

まっすぐに見つめてくる瞳に、ルークは耐《た》えられず視線を逸《そ》らす。

婚約の儀はまだなのに、と思うけれど、書面ではすでに婚約している。もう断れないところまで来ていることは分かっていた。

「不満そうだな？」

「そんな、ことは……」

ないとは言えず、ごまかすようにフォークを口に運ぶ。

「俺にはルークしかいないし、ルークにもいずれそう思って欲しいと願っている」

その口調は真摯《しんし》で、高圧的なところは少しもない。

けれど、だからこそ、ルークにはどうしていいか分からなくなった。

いや、分かっているのだ。自分がΩである以上、誰《だれ》かには嫁《とつ》がねばならなかっただろうし、自分がΩであることは、ウィリアムのせいではない。

ウィリアムが嫌《いや》な男でなくてよかったと思うべきなのに、いっそ嫌な男だったならば憎《にく》むこともできたのではないかとも思う。

憎むことも恨《うら》むこともできない。だからといって受け入れることも難しい。

心の持っていき場所がなくて、ルークはそっとため息を呑《の》み込んだ。

◆

ルークがここに来てから六日目の朝。

一人きりの食堂で、ルークは遅《おそ》めの朝食を摂《と》りつつあくびをかみ殺していた。昨夜は図書室から借りてきた本が面白《おもしろ》くて、ついつい夜更《よふ》かしをしてしまったのだ。この世界では本がまだ高価なため、ルークの実家ではそれほど多くの本を読むことはできなかったのだが、この屋《や》敷《しき》には図書室があり、ルークは自由に閲覧《えつらん》することが許可されていた。

食堂のカーテンは全《すべ》て開けられて、明るい中庭がよく見える。

屋敷の周りはぐるりと高い塀《へい》に囲まれているのだが、ちょうどよく配置された木々や生け垣《がき》のおかげで閉塞感《へいそくかん》はなかった。

「天気もいいですし食後の紅茶は、中庭にご用意いたしましょうか？」

ルークがじっと中庭を見つめていたせいか、ケーニッヒがそう声をかけてくる。

「……お言葉に甘えようかな」

「かしこまりました」

ルークの返答に嬉《うれ》しそうにそう答えると、壁際《かべぎわ》にいた従僕にちらりと視線を向ける。従僕の名はリードと言って、歳は十二だという。随分若い、というかまだ幼いと言っていい範囲《はんい》だが、

Ωのそばに置ける使用人の年齢はどうしても限られるのだという。具体的には性に未分化な十四までか老齢《ろうれい》の者が一般《いっぱん》的なようだ。

メイドならばこの範囲ではないのだが、この屋敷に若いメイドは一人もいない。「旦那《だんな》様があぁですからね」というのがケーニッヒの談で、確かに若い娘《むすめ》にあの美貌《びぼう》は目の毒だろうと納《なっ》得《とく》するしかない。

別にそのせいでもないだろうが、この屋敷の使用人は極端《きょくたん》に少ない。

執事《しつじ》のケーニッヒ、出迎《でむか》えの際に声をかけてくれた家令でありケーニッヒの祖父であるモーリスと、その妻で家政婦のミランダ、従僕のリードとトマス、料理人のランドル、庭師兼厩《けんうまや》番《ばん》のハインツ、護衛のマーカスに医師のカッツェで全部だ。

紹介《しょうかい》を受けたのはここに来た翌日のことだったが、思った以上の少なさに驚《おどろ》いたものだ。と言っても、実家の男爵《だんしゃく》家よりは多いし、医師が住み込んでいることは非常に贅沢《ぜいたく》なことなのだけれど……。

この中で日々顔を合わせるのは、ケーニッヒとリードの二人である。あとはほとんど見かけない。ケーニッヒは主人であるウィリアムについていなくていいのだろうかと疑問だったが、ウィリアムには家令のモーリスがついているから問題ないらしい。尤《もっと》もケーニッヒは初日以外ルークの私室に足を踏《ふ》み入れることはなく、私室内でルークの支度《したく》などを手伝うのはリードの仕事のようだった。

そして、ウィリアムはと言えば不思議なことに、夜以外は全く姿を見せないのだ。どうやら執務室《しつむ》に閉じ籠《こ》もっているらしい。食事は主にウィリアムの従僕であるトマスが部屋に運んでいて、ルークと一緒《いっしょ》に摂るのは晩餐《ばんさん》だけと決まっていた。

「あ、サフィ、おはよう」

食事が終わるのを見計らったように入ってきた狼《おおかみ》に、ルークは声をかける。サフィは嬉しそうに尻尾《しっぽ》を振《ふ》りながら、椅子《いす》の横にちょこんとお座りした。甘えるように膝《ひざ》に頭を擦《こす》りつけてくるのでわしわしと撫《な》でてやる。

ちなみに名前についてはウィリアムに確認《かくにん》したのだが、特にないので好きに呼んでいいという驚きの回答が返ってきたため、そのままサフィと呼んでいた。

「お茶の支度ができました」

ケーニッヒに言われて、ルークはサフィの頭を膝から上げさせて立ち上がる。

「外でお茶を飲むけど一緒に来る？」

声をかければワン、と返事があった。賢《かしこ》いなぁと笑《え》み崩《くず》れつつ頭を軽く撫でて、食堂の窓から直接中庭へと下りる。

秋の盛りを迎《むか》えている庭は、木々が朱《あか》く色づいている。

その庭のよく見える位置にある丸いガゼボへと向かうと、テーブルの上にお茶の支度が調《ととの》っていた。

壁《かべ》に沿って備え付けられているベンチに座ると、庭が一望できる。クッションだけでなく膝《ひざ》掛《か》けも置かれていたけれど、足の横にサフィが寄り添《そ》ってくれているせいもあって、膝掛けのほうは必要なさそうだった。

前庭も広かったが、中庭も十分広い。

尤も、前庭が広いのは、そこに使用人たちの寝泊《ねと》まりする家が建っているためらしい。そう言われて自室の窓から庭を見たところ、確かに厩とは逆側に小さな家があるようだった。

あのときは、発情期のαは番《つがい》以外の気配を嫌《きら》うことがあるため、発情期を過ごすための別邸《べってい》や離《はな》れを持つ家も少なくないという話を思い出し、そういうことかなと少し暗澹《あんたん》とした気分になったものだ。屋敷自体がこぢんまりとしているため、使用人のほうが移り住むのだろう。

だが、そもそも公爵《こうしゃく》なのになぜこんな森の中の屋敷で暮らしているのかという疑問はある。公爵領の領都には、ここことは別に屋敷があるらしいのだが、少なくともルークが来て以降、ウィリアムがそちらへ出掛《でか》けた様子はない。

まぁ、呪《のろ》われた公爵という噂《うわさ》が関係しているのかなとは思うが……。

「なんで、呪われているとか言われてるんだろうなぁ？」

紅茶を飲みつつ、ぽつりと呟《つぶや》く。

「お前知ってる？」

ぴくりと耳を動かしたサフィの頭を撫でながら、なんとなく訊《き》いてみる。もちろんサフィはじっとこちらを見つめるばかりで返事はない。

まぁ、人外じみた美形であることは間違《まちが》いないとは思う。だが、呪いという言葉にあの外見はどう考えてもそぐわない。

気にはなるが、さすがにルークもこの件に関しては誰かに訊く勇気はなく、謎《なぞ》のままだ。

晩餐しか顔を合わせないと言っても、ウィリアムは紳士《しんし》的で、精神的な不調を抱《かか》えているような様子もない。

唯一《ゆいいつ》おかしい点があるとすれば、昼間一切《いっさい》部屋から出てこない点だが……。

「吸血鬼《きゅうけつき》とか……いや、まさかなぁ」

晩餐は極普通《ごくふつう》に食べているし、そもそもこの世界に吸血鬼という言葉は存在しない。あくまで前世の知識であり、フィクションだ。

けれど、日の光に弱いという可能性はあるかもしれない。先天的に紫外《しがい》線に弱いというのは疾患《しっかん》として十分にあり得るのではないだろうか。

そのせいで人前に出られず、呪われているせいで姿を見せないという噂が立ったとか……？

もしそうならば、難儀《なんぎ》な話だと思う。単に夜型だという話ならばいいのだけれど。

そんなことを考えているうちに、お茶を飲み終わる。すると、それを見計らっていたかのようにケーニッヒに声をかけられた。

「こちらでお読みになりますか？」

ケーニッヒの手には、今日の課題であろう本があった。

「いや、部屋に戻《もど》るよ。ありがとう」

ルークの言葉にケーニッヒが頷《うなず》くのを見つつ、ベンチから立ち上がる。するとサフィも当然のように立ち上がる。どうやらついてくるつもりらしい様子に、笑みが零《こぼ》れた。

食後のお茶のあとは、勉強の時間というのがルークの日課だ。と言っても、教師がいるわけではなく、厳しいものでもない。

課題である本を受け取って自室に戻ったルークは、ソファに座ると美しい装丁《そうてい》の表紙に指を滑《すべ》らせため息を吐《つ》く。

この国ではバース性による婚姻《こんいん》をする高位貴族が多い。αとΩの夫婦《ふうふ》からαが生まれる確率が高く、そうなれば当然のこと、αの存在は高位貴族に集中する。そのせいで、いわゆる社交というものも限られている。大抵《たいてい》のαはΩを家から出さないからだ。たまに出るときは必ず夫であるαが一緒。そのため、この国には高位貴族の夫人だけによるコミュニティというものが、存在しないのである。

となれば、貴族の夫人の役目は自《おの》ずと限られてくる。屋敷の内向きなことや、領地経営の手伝いなどだ。だが、何度も言うようにαは非常に優秀《ゆうしゅう》であり、ウィリアムもその例に漏《も》れることはない。こんな森の中に屋敷を構えているにもかかわらず、領地の経営は非常に上手《うま》く行っているらしい。ウィリアムは代官が優秀なのだと言っていたけれど、なんにせよルークの出番はない。

かといって家の中は使用人の数も少なく、自分が統率《とうそつ》する必要などあるようには思えないし、そもそも呪われた公爵と呼ばれて人前に出ることのないウィリアムは、社交を一切しておらず、屋敷に人が来ることもない。茶会や夜会の差配をする必要も当然ない。

一体これで何を学ぶ必要があるというのだろう?

日がな一日、サフィと戯《たわむ》れたり領地の過去の報告書を見たり、公爵家の、ひいては王家の歴史の書かれた本を読んだりしているだけなのだ。

家のことを学んで欲しいという理由で連れてこられたのは、なんだったのか。

まぁ、十中八九、Ωを遠くに置いておくわけにはいかないというのが本当の理由なのだろうとは思っていたけれど。

不意に膝の辺りに重さを感じて、ルークはハッと我に返る。そして、重さの正体であるサフィに口元をほころばせた。膝の上に頭をのせ、どこか心配そうな顔でルークを見つめている。

ルークはその頭をやさしく撫でる。

「なぁ、サフィ、私はこんなのんびりしてていいんだろうか?」

ルークの疑問を肯定《こうてい》するように、サフィは小さく吠える。パタパタと振られる尻尾に微笑《ほほえ》みが零れた。かわいい。いやされる。

サフィに再会できたことに関しては、唯一ここに来てよかったと思えるできごとだった。前世から、犬は大好きだったけれど、サフィのことは取り分け好きだと思う。もちろん前世の愛犬を忘れたわけではないが、なんというか森で出会った瞬間《しゅんかん》、一目で好きになってしまったのだ。それほどサフィは愛らしく、美しい犬——いや、狼だった。

物心がつくと同時に前世の記憶《きおく》を思い出してしまったルークは、やさしい家族に囲まれつつも前世の家族への思いや、価値観の違いもあって、常に疎外《そがい》感を覚えていた。

両親も兄の子どもも時代とはまるで違い、大人しく分別のある子どもであったルークを心配してくれていたように思う。ルークが祖父の領地に一時期預けられたのも、その辺りのことに起因していたらしい。祖父の屋敷《やしき》にはルークと一つ違いの従兄弟《いとこ》がいて、その子と遊ぶことで子どもらしさを発露《はつろ》するのではないかと期待されたのだ。

だが親たちの期待とは裏腹に、従兄弟とはあまり上手くやれなかった。だからこそ、従兄弟はルークを森の中に置き去りにするなどという暴挙に及《およ》んだわけだが……。

「そのおかげでお前に会えたんだもんな」

感謝してもいいくらいだと思いつつぐりぐりとサフィを撫で回してから、ルークは手にしていた本をようやく開いた。

何か調子がおかしいと思ったのは、夕日が窓の外を赤く染め、空の裾《すそ》がじわりと青みを増してきた時分のことだ。

太陽の姿はもう森の木々に沈《しず》み、間もなく夜がやって来る頃《ころ》……。

昼間から今日は随分《ずいぶん》と暖かいなと思っていたけれど、その頃になると頬《ほお》の辺りが妙《みょう》に火照《ほて》る気がして、まさか熱でも出ているのだろうかと不安になった。

居間のソファに体を預けていたルークは少し悩《なや》んでから、テーブルの端《はし》に置かれたガラス製のベルを鳴らす。すぐにドアが開いてリードが顔を出した。

「いかがなさいましたか？」

「リード、悪いけど、夕食はいらないと伝えてくれないか？」

食欲《しょくよく》がないし、風邪《かぜ》ならばうつしたくない。今からでは作る量を減らすことはできないかもしれないが、手を付けなければ他《ほか》の誰《だれ》かが食べるだろう。

ルークの言葉に、リードは心配そうに眉《まゆ》を下げる。

「お体の具合でも？」

「……少しだけ。寝《ね》ていれば治ると思うから心配しないで」

何でもないというほうが心配を掛《か》ける気がして、できるだけ軽い口調でそう言って微笑む。

「かしこまりました」

リードはそう言って部屋を出たが、すぐにドアがノックされた。ルークが返事をすると、開いたドアからするりとサフィが入ってきた。背後にはケーニッヒの姿がある。心配するなと言ってはみたものの、リードの立場では放《ほう》っておくわけにはいかなかったのだろう。

サフィがルークの足下《あしもと》までやってくる。珍《めずら》しいこともあるものだ。サフィはちょくちょくルークの下を訪《おとず》れるが、午後のお茶のあとは姿を消してしまう。もう日も暮れるというこんな時間に、屋敷で見たのは初めてだった。

まるで自分の体調不良を知って駆《か》けつけてくれたような気がして、嬉《うれ》しくなる。

「体調不良と伺《うかが》いましたが……」

ケーニッヒはそう言いながら、なぜかサフィのほうへと視線を向けた。サフィはケーニッヒの視線に気付いたかのように振《ふ》り向いて、短く吠える。

まるで意思の疎通《そつう》がしっかりと取れているかのようなやりとりだ。だが、もともとサフィはとても賢《かしこ》く、ときどき本当に言葉が分かっているのではないかと思うほどだ。自分よりよほど長い間一緒《いっしょ》に過ごしてきたであろうケーニッヒとなら、本当に意思の疎通ができていてもおかしくはないかもしれない。

「夕食の件は承《うけたまわ》りました。何かありましたらすぐに声をかけてください。では、失礼いたします」

結局ケーニッヒは、いつも通り室内に入ることなくそう言ってドアを閉めた。それを告げるためだけに来たのだろうかと、ルークが首を傾《かし》げていると、くいと袖《そで》を引かれた。視線を落とすと、サフィがルークの袖を咥《くわ》えている。

「ああ、そうか」

いつまでもソファにいずに、寝室《しんしつ》に行けということだろう。苦笑《くしょう》して立ち上がると、案の定寝室のほうへと袖を引かれる。

「分かったよ。ちゃんとベッドで休むから安心してくれ」

苦笑しつつそう言うと、ようやく袖から口を離《はな》してくれた。

熱が上がってきたのか、どこかふわふわとした足取りで寝室に向かう。

少し前にリードが明かりをつけていってくれたためほのかな明るさを保っていた居間とは違い、寝室はほんのわずかな残照が朱《あか》く染めているだけで、間もなく暗くなるだろう。

シャツの上に羽織っていた柔《やわ》らかいニットのストールをベッドの足下側にあるソファに置くと、そのままベッドへ潜《もぐ》り込む。

寝衣に着替《きが》えたほうがいいと頭では理解していたけれど、どうにも億劫《おっくう》だ。一眠《ひとねむ》りしたら汗《あせ》をかいているだろうし、それから着替えればいいだろうと思う。

しかし……。

「う……んぅ……」

いつまで経《た》っても眠気《ねむけ》はやってこなかった。それどころか……。

「っ……ん……」

じわじわと、火照りが頬だけでなく体全体に広がるような感覚と共に、もどかしいような別の熱が湧《わ》き起こる。

――なんだ？　この感覚は……？

「……は…っ」

身じろいだ途端《とたん》、唇《くちびる》から熱の籠《こ》もった吐息《といき》が零《こぼ》れる。

一体どうしてしまったのだろう？

分からない。熱があるというだけでは説明できない疼《うず》き。やがてあまりの暑さに、ルークは耐《た》えきれず、もどかしいような気分で体にかけていた布団《ふとん》をどけた。

すると、どこからかとてもいい匂《にお》いがする。

なんだろう？　何かの花だろうか？　甘い、香《かお》り。

そう考えながらルークはすんすんと鼻を鳴らす。

まるでその香りの元を探すかのように、ルークの手が伸《の》びる。

「ん……っ」

指先が何かに触《ふ》れた。

柔らかいその感触《かんしょく》は、ここ数日ですっかり手に馴染《なじ》んだものだ。

くぅんと、甘えるような、心配するような声にいつの間にか固く瞑《つぶ》っていた目を開けると、海のように青い目がルークを見つめていた。

「……サ、フィ」

甘い、甘い香り。

そういえば、サフィからはいつもこんな香りがしていた気がする。屋敷の人間がこまめに洗っているのだろうかと思ったことがあった。

いや、サフィだけではない。屋敷に来て以来時折、感じていたように思う。花か、誰かの香《こう》水《すい》の残り香《が》か……というようなささやかな甘い香り。

だが、今はそれがずっと濃《こ》い。

熱い息を吐《は》くたびに、吸い込んでしまう。それを感じるたびに、体が熱を上げていく。

「んっ」

ぺろりと、指先を舐《な》められてルークはきゅっと指を握《にぎ》り込む。指から湧き上がった感覚に体が震《ふる》えた。

それは、紛《まぎ》れもない――快感だった。

かわいがっていた狼《おおかみ》相手に感じていいものではない。恐《おそ》ろしいような禁忌《きんき》にルークの理性が慄《おのの》く。

「や……」

こんなのおかしい。いくら何でも、変だ。そう思って伸ばしていた手を引き寄せて胸の前で固く握る。

だが、サフィはぐるりと喉《のど》を鳴らし、前足をベッドに乗せるとそのまま飛び乗った。

「だ、め……下りて……っ」

いつのまにか体中が火照っていて、上手《うま》く動かせない。ゆるゆると頭《かぶり》を振ったけれど、いつもあれほど察しのよいサフィが、一向にベッドから下りようとしない。それどころか前足で跨《また》ぐように、ルークの体の上に移動してくる。

真上から見下ろしてくる体は大きく、この狼が本気を出したら自分などひとたまりもないであろうことは明白だ。

幼い日のことが、ルークの脳にフラッシュバックする。

あの日も、あの別れの日も、こんなふうに見下ろされたのだ。前足で転がされ、そのまま、まるで獲物《えもの》を仕留めるかのように肩《かた》を踏《ふ》まれて、首の後ろに牙《きば》を突《つ》き立てられた。

ルークは痛みにだったのか、恐怖《きょうふ》にだったのか、ただただ泣き叫《さけ》んだ。

けれどそのことを思い出しても、身が竦《すく》むどころかぞわりと体の奥が疼くばかりで、ルークはそんな自分に絶望する。

「サフィ、頼《たの》むから、部屋を、出て……」

喉から零《こぼ》れた声は、まるで甘えるように甘く掠《かす》れる。本当の望みがそれではないと、伝えるように……。

おかしい。こんなのはだめに決まっている。唾棄《だき》すべき欲望《よくぼう》だ。

だが、体の内から熱と共に湧き上がるこれが、劣情《れつじょう》であるとルークは理解してしまった。

そうして、気付く。

「まさか……いやだ……っ」

――これは、ヒートだ。

恐れていた発情期が、来てしまったのだ。

じわりと目尻《めじり》に涙《なみだ》が浮かぶ。本当に、自分はΩだったのか。

分かっていたはずのことなのに、恐ろしい。自分がどうなってしまうのか、恐ろしくて仕方がなかった。

ウィリアムに見つかれば、きっとそのまま抱《だ》かれることになる。

怖《こわ》くて仕方のないはずの事実を思い浮かべた途端、体の疼きが酷《ひど》くなった。

ウィリアムに見つかりたくない。抱かれたくない。

そう思うのと同時に、今すぐここに来て欲しいと思う。ここに来て、触れて欲しい。

「ウィル……様……っ」

名前を呼んだ途端、膝《ひざ》の辺りに何かが柔らかく触れて、ルークはびくりと体を震わせる。

サフィが振った尻尾《しっぽ》が、膝を撫《な》でているのだ。そんなささやかな刺激《しげき》にさえ反応する体が疎《うと》ましい。

このままでは、ウィリアムに抱かれることよりも恐ろしいことを望んでしまいそうで、ルー

クは必死になって口を開く。

「頼む、から……ここを出て、ウィル様を……あっ」

ぺろりと、サフィの大きな舌が、ルークの口元を舐めた。

「や、だ、だめだ、あっ、サフィ……っ」

ふんふんと匂いを嗅《か》ぎながら、首筋を舐められて慌《あわ》てて顔を押しやろうと手を伸ばす。だが、サフィは止まる様子がない。

ルークは必死で抗《あらが》おうとした。けれど、サフィが首元で伏《ふ》せたせいか、あの甘い香りが強くなり、まるで酒に酩酊《めいてい》したかのように意識がふわふわする。

それでも、理性を手放すことはできないと頭のどこかで思う。こんなのは絶対に間違《まちが》っている。

だが不意に、サフィの喉から、今までとはまるで違う苦しげな唸《うな》り声がした。

「さ、サフィ……?」

ルークの上に伏せていた顔を上げ、まるで遠吠《とおぼ》えを上げるかのように喉を仰《の》け反らせる。

蕩《とろ》けそうな意識の中でも、サフィの変化が心配になり、ルークは必死でその姿を見上げていた。

すると……。

「な……何……」

目の前で起きていることが信じられず、ルークは大きく目を見開いた。

ルークの目の前で、サフィの体はみるみる違うものへと変化していく。

ふわふわとしていた体毛はなくなり、ルークの体を跨いでいた前足が人の腕《うで》へと変わっていく。そして……。

「う、そ……」

何かを振《ふ》り払《はら》うように頭を振ったその姿は、ルークの知るものだった。

「ウィル……様……」

いつの間にか暗い青に染まった部屋の中でも、見間違えるはずがない。

「――ああ、そうだ。ついに知られてしまったな」

ウィリアムは自嘲《じちょう》するようにそう言うと、苦笑《くしょう》を浮かべる。

サフィがウィリアムに変わった？

そんな馬鹿《ばか》なことがあるだろうかと思うけれど、目の前で起きた事実は変えようがない。それに、ルークの体は深く物事を考えていられるような状態ではなかった。

驚《おどろ》きも疑問もまだ去りようもないのに、それを上回る速度で劣情が思考を侵食《しんしょく》する。

それでもどうしていいか分からずに動けないルークに、ウィリアムもまたどこか熱を吐き出すようなため息を吐いた。

「だが、説明はあとだ。今は発情期を終えることだけを考えて」

それだけを言うと、サフィの――と言っていいか分からないが、唾液《だえき》で襟元《えりもと》の湿《しめ》ったシャツのボタンを外していく。

「ま、待って……くださ……っ」

「待たない。お互《たが》い辛《つら》いだけだ」

ルークの言葉をウィリアムは即座《そくざ》に退ける。そして、思わぬ激しさで唇《くちびる》を重ねた。ルークにとっては初めてのキスだ。前世でも、奥手だったルークには、キスの経験がなかった。触《ふ》れるだけではない口づけは、息苦しいほどで、すんと鼻を鳴らすようにどうにか息をすれば、くらりとするような甘い香《かお》りが鼻孔《びこう》を侵《おか》す。その上、唇を擦《こす》り合わされ、舌を絡《から》められるだけでも背筋が震えるほどの快感を覚えてしまう。

キスの間にウィリアムがシャツのボタンを外し終えていたことに気付いたのは、ようやく唇が離《はな》れてからだった。無防備になった首筋を辿《たど》るように、唇が下へと降りていく。

「ふ、ぁっ……あ、んっ」

胸元《むなもと》を撫でた手のひらがそのまま下へと降りて、今度はズボンへと伸《の》びる。ウエストだけでなく合わせ目にも並んだボタンを外すために指が動けば、その奥にあるものがびくりと快感に震えた。

恥《は》ずかしいのに、そのささやかな刺激を求めるように腰《こし》が揺《ゆ》れてしまう。

そうして、ズボンを下着ごと下げられると、露《あら》わになった足の間はすでにとろりと濡《ぬ》れそぼっていた。

「ひ……や、だ……見ないで……っ」

必死で体を捩《よじ》り、隠《かく》そうとしたけれど、皮肉にもその動きはズボンと下着を脱《ぬ》がせるウィリアムの動きを手伝っただけだった。シャツだけを羽織った状態のルークをウィリアムが見下ろす。

「ルーク……」

「あっ……」

名前を呼ばれただけで、体の奥から何かがとろりと零れ落ちるのが分かった。

「ずっとこうしたかった――お前を俺の番《つがい》にしたあの日から」

ウィリアムはそう言うとルークに覆《おお》い被《かぶ》さり、迷うことなく足の間に触れる。

番にした……？

ルークにはその言葉の意味が分からなかった。自分は、ウィリアムの番にされた記憶《きおく》はないと、そう思ったからだ。

だが、そんな疑問もウィリアムから発せられる甘い香りと、与《あた》えられる快感に溶《と》けていく。

ウィリアムの美しい指が、自分の足の奥の窄《すぼ》まりに触れると、そこは濡れそぼちながらひくひくと震《ふる》えた。

あれほど抱かれることが怖いと思っていたのに、もうその指が欲しくて仕方がない。

「あ、んっ、あ、あっ」

指はルークの望みを知るように、すぐに中へ入り込んでくる。痛みも苦しみもない。背筋まで震えるような快感だけがあった。濡れた隧道《ずいどう》は、きゅうきゅうとウィリアムの指を締《し》めつける。

だが、すぐに指だけでは物足りなくなった。

もっと大きくて熱いものでいっぱいにして欲しい。体の一番奥深い場所まで突き入れて、中で出して、孕《はら》ませて欲しい。

それしか考えられなくなる。それをおかしいと考える理性は、どこか遠くへ追いやられてしまっていた。

「ウィル様……ぁ……っ、は、やく……ください」

自分の口から零《こぼ》れたとは信じられないくらい、浅ましく濡れた声で強請《ねだ》ると、ウィリアムの喉《のど》が獣《けもの》のような唸り声を上げる。

すぐさま指が増やされ、激しく中をかき混ぜられた。ぐちゅぐちゅと耳に響《ひび》く水音にまで劣情を煽《あお》られる。

「随分《ずいぶん》と濡れている……そんなに欲しいのか？」

「あ、あぁっ」

濡れた声を上げながら、ルークはガクガクと頷《うなず》いた。

ウィリアムのものが欲しくて仕方がないのだ。それをくれるというならどんなことでもしてしまいそうだった。

「は、やく……入れて……っ」

言いながら自ら膝を立てると、ウィリアムが嬉《うれ》しそうに微笑《ほほえ》む。ずるりと指が抜《ぬ》かれた。

「痛かったらすぐに言え」

労《いたわ》る言葉に頷くと、ウィリアムの手がルークの膝《ひざ》にかかる。

ルークが視線を向けた先に、硬《かた》くそそり立ったウィリアムのものが見える。今からこれが自分の中に入るのだと思うと、恐怖《きょうふ》でなく歓喜《かんき》が胸に湧《わ》いた。

「ください……」

掠《かす》れた声でルークがそう言うと、ウィリアムはルークの膝を大きく開かせて、濡れそぼつ場所に硬い熱塊《ねっかい》を押し当てる。

「あ……」

それだけで、期待するようにそこがひくつくのが分かった。

「ひ、ぁ……あ、あぁっ」

圧迫感《あっぱくかん》を覚えたと思った次の瞬間《しゅんかん》には、大した抵抗《ていこう》もなく先端《せんたん》が中へと入り込んでくる。思わず強く締めつけてしまったが、ウィリアムのものは容赦《ようしゃ》なく、そこを割り開くようにして進んでくる。

信じられないほど深い場所まで、開かれている気がした。苦しくて、でも初めての行為《こうい》だというのが嘘《うそ》のように、気持ちがいい。

自分の欲しかったものが与えられているのだと、はっきり分かった。

「ルーク……大丈夫《だいじょうぶ》か？」

そう問いかける声は、何かを堪《こら》えるかのように苦しげだ。

「はい……大丈夫、ですから……」

ルークはそう答えながらも、焦《じ》れる体の求めるままに腰を揺らした。大丈夫だから、もっとぐちゃぐちゃになるくらい、中をかき混ぜて欲しい。

「焦らさないで……っ」

そう言いながらルークが涙《なみだ》を零《こぼ》すと、ウィリアムが息を呑《の》んだ。同時に中にあるウィリアムのものがさらに大きくなる。

「後悔《こうかい》するなよ……っ」

「あぁ……！」

ウィリアムが腰を引くと、中に入っていたものがずるりと引き出される。その感覚に背中を震わせた途端《とたん》、今度は激しく突《つ》き入れられた。

「ひ、ああっ」

一気に深いところまで突き入れられて、ガクガクと腰が震える。

入れられただけで達してしまったのだと気付いたけれど、ウィリアムの動きは止まらない。

「あっ、あっ、あっ、ああ……っ」

そのまま何度も深い場所を突かれて、恥ずかしい声が零れる。堪《たま》らなく気持ちがよかった。

抱《だ》かれることが、こんなにも気持ちのいいことだなんて知らなかった。

けれど、まだ足りない。

これで終わりではない。もう一つ、欲しいものがあった。

それを得るために、ルークの中は強請るようにウィリアムのものを締めつける。

「あぁっ……！　あ、あぁっ」

腰を摑《つか》まれ、激しく抜き差しを繰《く》り返されて、ルークは指が白くなるほど強くシーツを握《にぎ》り締める。

「も、中で、出して……っ」

欲しくて仕方がないのだと言うように、膝でぎゅっとウィリアムのことを挟《はさ》む。途端、腰を摑む手に力が籠《こ》もった。

「あぁ――――っ」

ルークの腰を引き寄せるのと同時に、深くまで突き入れられる。肌《はだ》のぶつかる音がするほどに激しく。

熱い迸《ほとばし》りが、自分の中を満たすのが分かり、ビクビクと腰《こし》が跳《は》ねる。自分が再び中だけで絶頂に達したのだと、遅《おく》れて気付いた。

だが……。

「あ、ん……っ」

ずるりと、ウィリアムのものが抜き出される。その感覚だけでまた腰が震えた。荒《あら》い息を零しているルークの体を、ウィリアムはうつ伏《ぶ》せにさせる。

腰から下に全く力が入らなかった。ぺたりと腹をシーツに付け、寝転《ねころ》んだままのルークに、ウィリアムが覆い被さってくる。

尻《しり》の間を指で軽く開かれると、中で出されたものがとろりと零れた。だが、そこに栓《せん》をするようにまた、ウィリアムのものが押しつけられる。

「あ、は、あぁ……っ」

イッたばかりであるはずなのに、すでに硬《かた》くなったものがゆっくりと中へ入り込んでくる。

ルークの体は再び与えられた快感に震えた。寝バックの体勢で奥まで埋《う》められて、とんとんと中を突かれるとそのたびにスイッチでも押されているかのように腰が跳ねそうになる。

だが、ウィリアムの体が背中に重なるように覆い被さっているため、ルークの動きは全《すべ》て封《ふう》じられていた。

「あ、あ、あっ」

快感を逃《のが》す場所もないまま、ルークの体は快感に蕩《とろ》けていく。

平均して三日続くと言われている発情期は、まだ始まったばかりだった……。

◆

その朝、目を覚ますのと同時に、ルークは発情期が終わったことに気付いた。

酷《ひど》い倦怠感《けんたいかん》と、酷使《こくし》された腰や開かれた股関節《こかんせつ》の痛みに顔を顰《しか》めつつも、貪欲《どんよく》に快楽を求めようとする異常な熱が、すっかり体から去っていることに安堵《あんど》する。

だが……。

「俺、本当にΩだったんだなぁ……」

声が嗄《か》れているのは、寝起《ねお》きだからというだけではあるまい。ここ三日の自分の嬌態《きょうたい》を思い出し、そのまま布団《ふとん》に埋《う》まってしまいたい気持ちになる。

不意に横から身じろぎをする気配がして、ルークはびくりと肩《かた》を揺《ゆ》らした。そして、おそるおそる身を起こした。

見るとそこには、一頭の狼《おおかみ》が眠《ねむ》りについている。

サフィ――いや、ウィリアムと言うべきか。

彼がここで眠りについているということは、発情期が終わったことにウィリアムも気付いているということだろう。そうでなければ、部屋にはいなかったはずだ。

三日間、最初の日の夕方を除けば、ウィリアムは日の沈《しず》んだあとにだけこの部屋を訪《おとず》れ、日が昇《のぼ》る前には部屋を出ていたようだった。もっとも、初日は夜明け前に気を失ってしまい、ウィリアムが部屋を出て行ったのにも気付かなかったのだけれど……。

目が覚めたあと、ウィリアムが再び部屋を訪れるまでは、酷い情欲《じょうよく》に苦しむことになったが、狼の姿のまま抱かれるよりはよかった。ウィリアムもそう考えていたのだろう。

それに、起きている間に体力を消耗《しょうもう》するため、眠りは深く長いものだったから、辛《つら》い時間はそう長くはなかった。

そう考えて再び自分の嬌態を思い出してしまい、頬《ほお》が熱くなる。できることなら叫《さけ》びながら布団に潜《もぐ》り込み、そのままごろごろと転がりたかった。

「うう……」

堪えきれず零《こぼ》れた唸《うな》り声に、ぴくりとウィリアムの耳が動く。そのまま周囲の様子を窺《うかが》うように耳を動かしたあと、目が開いた。

ルークがどうしていいか分からないまま、ウィリアムの様子を窺っていると、すぐにその目がルークを捉《とら》える。

「……」

お互《たが》いが無言のまま、しばらく見つめ合い、先に目を逸《そ》らしたのはルークだった。深いため息を零し、くしゃりと髪《かみ》をかき上げる。

「……どうして言ってくれなかったのですか？」

サフィと呼んでいた狼が、ウィリアムだったということを。

もちろん、言われたところで信じなかっただろうが、目の前で変身されれば信じざるを得なかっただろう。

ウィリアムは何も言わないが、当然ながら言葉は理解しているはずだ。

謝罪のつもりなのか、どこか気まずそうに頬を舐《な》められて、再びため息が零れる。これでは怒《おこ》ることもできない。

今までだって、まるで言葉が分かっているみたいだなぁ、賢《かしこ》いなぁ、とは思っていた。だが、まさか中身が人間だったとは考えてもみなかったのだ。いや、普通《ふつう》は考えないだろう、そんなこと。

いくらサフィとウィリアムを同時に見たことがなかったとはいえ……。その目の色が全く同じであるとはいえ……。

ちらりと自分が鈍《にぶ》いのか？　という疑問が浮《う》かんだが、そんなわけはないとすぐに打ち消した。

考え込んでいるとぺろりと口を舐められる。

「こら、やめろよ、くすぐったいだ……ろ」

咄嗟《とっさ》にいつものように返してから、そうだこれはウィリアムだったと思い出す。つまり今まで散々撫《な》でたり抱《だ》きしめたりしていたのも、全部ウィリアムだったということで……。しかもよくよく考えれば、狼の間のウィリアムは全裸《ぜんら》な訳で……。

「あ、の……とにかく、今は一人で考えたいんで、出て行ってもらっていいですか……?」

あまりの居たたまれなさに、ルークはいっそ祈《いの》るような気持ちでそう言った。

ウィリアムはしばらく迷うようにベッドの上にいたが、結局はベッドを下り、部屋を出て行ってくれる。

天蓋《てんがい》のカーテンの中からドアの開閉音を聞きながら、ドアを開けるのは普通の猫《ねこ》でもするが、ドアを閉めるのは化け猫だという話を思い出す。まぁ、ウィリアムは猫ではなく狼だし、今のも閉めたのは使用人の誰《だれ》かかもしれないが。

――『呪《のろ》われた公爵《こうしゃく》』の呪い。

それはどうやら、昼間のうちは狼の姿になってしまう、ということだったらしい。

分かってしまえば、納得《なっとく》である。動物に変えられる、というのは呪いの内容としては、比較《ひかく》的《てき》ポピュラーというか、童話や物語でもありそうなものだ。狼は蛙《かえる》や豚《ぶた》よりはマシなのではないかと思う。ただ、あまりにもメルヘンで、現実の呪いとして思いつかなかった。

「それにしても、サフィがウィル様だったとは……」

大きなため息を零したルークの耳に、ノックの音が届く。

逡巡《しゅんじゅん》ののち返事をすると、ドアの開く音のあとにリードの声がした。

「浴室の支度《したく》が調《ととの》いましたが、いかがなさいますか？」

そう言われて、風呂《ふろ》に入りたいという気分が高まる。ウィリアムが拭《ふ》いてくれたのか、一見して汚れているところはないが、体を洗ってさっぱりしたかった。

「ありがとう、使わせてもらうよ」

「お手伝《てつだ》いをさせていただいてもよろしいですか？」

「いや、一人で大丈夫《だいじょうぶ》だ」

「かしこまりました。何かありましたらすぐにお呼びください」

再びドアの閉まる音がしてから、ルークは天蓋から垂れたカーテンを捲《めく》り、ベッドを下りる。

ちなみにここはいつもの寝室《しんしつ》ではない。いつ移されたのか記憶《きおく》が定《さだ》かではないのだが、おそらく一日目の夜のうちにルークは夫婦《ふうふ》用の広い寝室へと移動させられていた。

自室のベッドも十分に大きいと思っていたが、それよりもずっと大きなベッドと、広い浴室を備えた部屋だ。

浴室は寝室側からとは別の入り口もあり、使用人たちはそちらのドアを使って支度をしてくれているようだ。ウィリアムからの指示があったのだろう、発情期の間も何度か浴室を利用した記憶がある。

もっとも、あのときはただ風呂に入れられたわけではなく、そこでまた行為《こうい》に及《およ》んだ記憶もバッチリあるのだが……。

思い出してのたうち回りたくなる気持ちを抑《おさ》えつつ、そのまま浴室に向かう。寝室の半分ほどもある広い浴室には、湯上がりに休むことのできるようなベンチや、マッサージの施術《せじゅつ》を受けられるように簡易な寝台もある。いや、実際にはそこで何をしたかは敢《あ》えて考えまい……。

入ってすぐの棚《たな》にはタオルや着替《きが》えが置かれ、ベンチの横の小テーブルには飲み物も用意されていた。ありがたく水分を摂《と》ってから、ルークは湯に浸《つ》かる。

「あー……」

思わず声が零れた。気持ちがいい。湯の温かさが、酷使された体に染《し》み渡《わた》るようだった。

だが、そんな気分も自分の体を見下ろすまでのこと。透明《とうめい》の湯の中に見える自分の体は、他人が見たらぎょっとして目を剝《む》くであろうほど多くの痕《あと》がついている。

キスマークだけでなく嚙《か》み痕や、一部指の痕と思われるものまであった。胸元《むなもと》や内もも、下腹の辺りは特に酷い。見えないが首筋や背中にも、散々吸い付かれた記憶がある。だがあのときは、自分も進んでそれを受け入れたのだ。

「発情期ってこわ……」

ぽつりと呟《つぶや》いてから、羞恥《しゅうち》と自己嫌悪《けんお》を覚えて頭まで湯に浸かった。しばらくして浮かび上がり、顔を拭《ぬぐ》う。

途端《とたん》に、口からは深いため息が零れた。

あまりにいろんなことがあって、心が追いついていない。あれだけ恐《おそ》れていた、Ωという性を実感したことにもっと絶望するかと思ったけれど、意外にもそれはなかった。

もちろん、落ち込んでいるし、ショックではある。けれど、三日間に及んだ行為はただただ気持ちがよく、恐ろしいほどの多幸感をルークに与《あた》えた。まぁ、発情期が終わった今となっては、そう感じたこと自体がショックではあるのだが……。それでも、無理矢理《むりやり》嫌《いや》なことをされたなどというような被害者《ひがいしゃ》意識は抱《いだ》きようがない。

それに、サフィがウィリアムだったという驚愕《きょうがく》の事実が、自分がやはりΩであったという衝《しょう》撃《げき》よりもよほど大きくて……。

風呂の中で体を伸《の》ばしつつ、ルークはその事実について考える。

サフィがウィリアムだったと知ったことで、今まで謎《なぞ》だったことのいくつかに、整合性の取れる答えが見つかった。

その中には、なぜウィリアムが夜にしか姿を見せないかといったことや、呪いの内容についてなどだけでなく、ウィリアムが会ったことのないはずの自分を番《つがい》だと言っていた理由や、自分にずっと発情期が来なかったことなどが含《ふく》まれる。

ウィリアムとルークは、ルークがここに来る以前から本当に出会っていたのだ。

子どもの頃《ころ》に、森の中で。

あのとき、ルークは一目でサフィを好きになった。ウィリアムもそうだったのだろうか。

そして、ルークを自分の番だと感じたウィリアムは、別れを告げた子ども時代のルークに噛みつくことで、ルークを本当に番にした。ルークは犬に噛みつかれたとしか思っていなかったが、あれがウィリアムだったなら、間違《まちが》いなくあの段階で自分は番にされたのだ。

だから、番と離《はな》れて育ったルークには発情期が訪《おとず》れなかったのだろう。

分かってしまえば単純なことである。

「けど、普通そんなこと考えないだろ……人が狼《おおかみ》になるだなんて。」

やはりここはファンタジーな世界なのだと、改めて思う。魔法《まほう》がないからといって、前世と同じように考えてはいけない。

「あぁー……もう、これからどんな顔して会えばいいんだろ……」

サフィがウィリアムだったということは、今まで自分は本人に本人のことを相談したり、呪われていると言ったり、散々抱きついたり、一緒《いっしょ》に風呂に入って洗ったり……いろいろやらかしてしまっていたということになる。

「うぅー……」

自分の間抜《まぬ》けさ加減が恥《は》ずかし過ぎて、唸《うな》り声を上げつつ、もう一度湯船に頭まで潜《もぐ》る。もうこのままずっとバスルームに籠《こ》もっていたい気分だった。

だが、もちろんそんなことはできるはずもない。

のぼせる前に風呂から出て体を洗い、着替えをしてバスルームを出た。用意されていた着替えはシャツやズボン、ベストといった普段着《ふだんぎ》と、ゆったりとした寝衣《しんい》の二種類があったが、ルークは迷わず寝衣を手に取る。

まだしばらくは、人前に出て行ける気がしなかった。

◆

発情期が明けて、三日。

ルークは自室の寝室で本を読んでいた。

まだ人に会いたくないというルークの要望は受け入れられ、リードとも顔を合わせてはいない。もちろん、ウィリアムとも。

食事は全《すべ》て自室に運ばれていて、先ほど昼食を終えたところだ。我が儘《まま》を言って申し訳ないという気持ちも湧《わ》いていたが、リードは気にしなくていいと言ってくれているし、ケーニッヒからも問題ないという言づてをもらっていた。

むしろ問題は……。

カチャリ、と小さく音がして、そっと窺《うかが》うようにドアが開く。視線を感じてルークはため息を零《こぼ》した。

視線をドアに向けないまま、視界の端《はし》でドアを捉《とら》えると、白い耳がピコピコと動くのが分かる。

サフィ……いや、ウィリアムである。

入っては来ないが、今日になってからしばしばこうしてルークの様子を窺っているのだ。

できれば顔を合わせたくない。リードやケーニッヒよりもよほど避《さ》けたい相手だ。

しかし……。

クーン、と憐《あわ》れな鳴き声がして、ルークは目を閉じる。

だまされてはいけない。相手はああ見えて成人した男性である。しかも全裸《ぜんら》である。分かっている。分かっているのだが……。

キュンキュンと仔犬《こいぬ》のような声を出してくる相手に、それは卑怯《ひきよう》じゃないか？と思う。

ついにルークは、そちらに視線を向けてしまう。途端に、耳がピンと立ちドアの開きが少しだけ大きくなる。

顔だけを半分覗《のぞ》かせていた状態から、体を半分覗かせた状態になり、白い尻尾《しっぽ》がパタパタと振《ふ》られる。だが、ルークがもう一度視線を逸《そ》らすと、尻尾の動きは止まり、耳も伏《ふ》せられた。

そして再び、憐れな声で鳴く。

「…………っ」

どう考えても卑怯。ずるい。悪辣《あくらつ》。

そう思おうとするのだが……。

ルークは大きなため息を吐《つ》くと、手にしていた本を閉じ、ウィリアムを横目で見つめた。

「もう……いいですよ。入って」

結局そう口にする。するとすぐにウィリアムはルークの座るソファまで駆《か》け寄り、足下《あしもと》に座った。

嬉《うれ》しそうに尻尾を振り、膝頭《ひざがしら》にぐりぐりと頭を擦《こす》り付けてくる。ルークはためらったものの、仕方なくその頭を撫《な》でた。尻尾の振りが激しくなる。

もう、これは完全に自分の負けだと認めるしかなかった。

「ずるいですよ。私が狼の姿に弱いと分かっているんでしょう?」

苦笑《くしょう》しつつそう言うと、上目遣《うわめづか》いでこちらを見てくるのだから、始末に負えない。

こんなことをして本人は恥ずかしくないのだろうか? と思うのだが、恥ずかしかったらしないだろう。もしくは恥《はじ》を捨てても、ルークに構われたいということか……。

ルークは諦《あきら》めてウィリアムの顔を両手で挟《はさ》み、むぎゅむぎゅと撫で回した。

「体調は大丈夫《だいじょうぶ》ですし、放《ほう》っておいてくれていいんですよ?」

じっと顔を覗き込んでそう言うと、そんなわけにはいかないというように、クーンと鳴かれる。もう一度ため息を吐くと、ウィリアムの顔を解放した。

「あっ」

途端にぺろりと頰《ほお》を舐《な》められて、ルークは仰《の》け反る。

「こ、こういうのはだめ! だめです!」

どうして? というように首を傾《かし》げる姿がかわいすぎて唸りつつ、だめなものはだめだと繰《く》り返す。

「もう、分かっているんですからね？　あなたがウィル様だってこと。今までみたいにはできませんよ」

しょんぼりと耳と尻尾を垂らすウィリアムに胸が痛んだが、これは成人男性であると心の中で三回唱えた。

だが、落ち込んだ様子で膝に顎《あご》を乗せられて、結局頭を撫でてしまう。くやしい。

敗北感にぐぬぬとなっていると、開いたままのドアをノックされる。一番会いたくなかった相手に突入《とつにゅう》された以上拒《こば》む気力もなく返事をすると、顔を出したのはリードではなく、ケーニッヒだった。

「おや……」

膝に懐《なつ》いているウィリアムを見て、ケーニッヒはなんとも言えない生暖かい笑《え》みを浮《う》かべる。

「今晩から、晩餐《ばんさん》はご一緒なさるということでよろしいですか？」

その質問にルークは諦めと共に頷《うなず》いたのだった……。

「それで、どうして自分が狼であることを、黙《だま》っていたのです？」

ほとんど勢いで承知してしまった晩餐の席で、ルークは人の姿に戻《もど》ったウィリアムを改めて問いただすことにした。

嬉しそうにフォークを口に運んでいたウィリアムは、少し困ったように眉《まゆ》を下げる。同じ色の瞳《ひとみ》の印象も相まって、狼のときのしょんぼりとした姿が思い浮かんだ。

だが、相手は狼ではない。ルークはそのまま、じっと睨《にら》みつけるようにウィリアムを見つめる。ウィリアムは口の中のものを呑《の》み込むと、諦めたように口を開いた。

「ルークは、狼の自分を恐《おそ》れることなく受け入れてくれた。それは嬉しかったが……人から狼に変わるのだと知られれば、さすがに気味悪がられると思ったんだ」

自嘲《じちょう》するように笑うウィリアムに、ルークはぱちぱちと瞬《しばたた》く。

「え？　それだけですか？」

思わずそう問うと、ウィリアムは驚《おどろ》いたように目を瞠《みは》った。

「十分な理由だと思うが……」

「そのくらいで気味が悪いなんて思わないですよ」

もちろん驚きはしたが、気味が悪いとは思わない。

「本気で言っているのか……？」

おそるおそるという様子で訊《き》かれたことにむしろ面食《めんく》らいつつ、ルークは頷いた。

「そういうこともあるんだなというか……」

呪《のろ》われているという噂《うわさ》は耳にしていたし、前世の記憶《きおく》を持っているという不思議を自分自身が体験しているせいか、バース性などというもののほうがよっぽど不可解に思えるせいか、狼《おおかみ》になる呪いだったんだなという感想しかない。

ルークが本気で言っていることが分かったのか、ウィリアムの表情が緩《ゆる》む。

「さすがルークだ。そういうところも、愛さずにはいられないんだ」

「あ、愛って……」

危なかった。何か口にしていたら吹《ふ》き出すところだったと思いつつ、ルークは目を白黒させる。軽口の類《たぐ》いかと思ったが、自分を見るウィリアムの瞳は、本当に嬉しそうに輝《かがや》いている。

ルークは気を取り直すように一度咳払《せきばら》いをして、再び口を開く。

「そ、そういえば、どうしてウィル様は狼になるんですか？　その、呪いと関係あるのかなとは思うんですが……」

ウィリアムはルークの問いに頷く。

「その通りだ。だが……少し長くなる。食事のあとに場所を移して話すのでも構わないだろうか？」

そう言われて、ルークは迷うことなく頷いた。

そのあとは、静かに晩餐を終え、誘《さそ》われるままに初めてウィリアムの私室に足を踏《ふ》み入れる。

広さはルークの私室とそう変わらないようだったが、室内のドアの数が多い。おそらく、執務《しつむ》室に繋《つな》がるものもあるのだろう。

「ここに座ってくれ」

言われるままに三人は座れそうな広いソファに腰掛《こしか》けると、ウィリアムも隣《となり》に座る。

向かいではないのかと、思わぬ距離《きょり》の近さに怯《ひる》んだが、口にするより前にトマスが室内に入ってきた。

テーブルにホットミルクの入ったカップを一つと、グラスを一つ置き、グラスに琥珀色《こはくいろ》の蒸留酒らしきものを注ぐ。そして、一礼するとそのまま出て行った。

「さて、まずは、これから聞くことに関して、屋敷《やしき》にいる人間以外には決して話さないと約束して欲しい」

「え、あ、はい。分かりました」

向かいの席に移動するタイミングを見失ったまま、ルークはこくこくと頷く。ウィリアムは微笑《ほほえ》んで頷くとグラスを手に取り、唇《くちびる》を湿《しめ》らせるようにほんの少しだけグラスを傾《かたむ》けた。

そうして、ゆっくりと話し始める。

「前提として、呪われているのは俺個人ではない」

「ウィル様では、ない？」

「ああ。呪われているのは王家の血筋そのものだ」

その言葉に、ルークは目を瞠り、先ほどの屋敷の人間以外に話すなという言葉の重要性を改めて認識《にんしき》する。王家の血筋が呪われているなど、軽々に漏《も》らせることではない。

ウィリアムが続けて話したことによると、王家では時折、子が狼の姿で生まれることがあるのだという。

「王家の祖である初代ウォルタンス王は、この地を治める一対《いっつい》の狼を殺し、この地に王国を築いた」

「え？」

ウィリアムの言葉に、ルークは瞬く。そんな物騒《ぶっそう》な話は聞いたことがなかったからだ。

「ま、待ってください。建国神話では、初代国王陛下は神の眷属《けんぞく》である白狼《はくろう》の許しを得て、国を築いたと……」

この国の人間ならば、子どもでも知っている話だ。建国神話は教会でもよく話されるし、劇などにもなっている。もちろんルークは信じていない。こういった神話が国の始まりとして語られることはどこでも同じなのだなと思っていた。

「ああ。だが、真実は違《ちが》う」

だが、ウィリアムはあっさりと首を横に振《ふ》った。

「この地を治めていた狼は獣《けもの》たちの王だった。狼王と王妃《おうひ》を手に掛《か》けたウォルタンス王はその呪いを受け、生まれてきた子は皆《みな》、狼の姿をしていたという。王は狼王とその伴侶《はんりょ》を祀《まつ》り、許しを請《こ》うた。そうしてようやく人の姿の子を得たが……その後も、何代かに一人は狼の姿の子が生まれ続けた。俺もその一人だ」

　ウィリアムがその呪いを持って生まれたのは、ウィリアムの母親が王妹《おうまい》であるせいだろう。王族は、この呪いがあるため降嫁《こうか》したとしても必ず城で出産するのだと、ウィリアムは言った。赤子は代々王家の医者を務める、呪いの秘密を知る者によって取り上げられ、万が一、狼の姿で生まれた場合は、速《すみ》やかにこの屋敷へと移送される。

『ファーレンハイト公爵《こうしゃく》』は代々、狼の姿で生まれ落ちた王族が受け継《つ》ぐ爵位なのだという。

「もちろん、昔は狼として生まれたものを殺そうとしたこともあったらしい。だが、狼の子は天寿《てんじゅ》以外では死なないらしい。その上、狼を殺そうとした王は、子に与《あた》えようとしたのと同じ死に方をするという」

「……どういうことですか？」

「首を絞《し》めて殺そうとしたならば、息が詰《つ》まって死に、刃物《はもの》で害されれば同じ場所に傷が現れたという。まるで死を肩代《かたが》わりするようにな。その上、生まれてくる子はその次も狼の姿になったという」

　残酷《ざんこく》な話に、ルークは血の気が引くのを感じた。

「別の代《よ》では、殺さずに捨てたが、捨てた王自身が狼の姿に変わったという話もある。もっとも、そんなことが続いたあとは、これも呪いの一端《いったん》だろうと狼の子を害することはなくなったそうだ」

「でも、それではこのような場所に暮らしていては、危険なのではないですか？　もし、王に叛意《はんい》のある者がいれば……」

不敬な考えだろうが、ファーレンハイト公爵に死ぬような害を与えれば、王を弑《しい》することができるとなれば、狙《ねら》われることもあるのではないだろうか。

「もちろん、そのようなこともあったらしい。その頃《ころ》はまだ公爵位を与えるのではなく、王宮の奥に隠《かく》されていたらしいが……。殺そうとした者がどうなったと思う？」

「どうって……死罪になったということでしょうか？　それとも、殺そうとしたその者も呪いで死んだ、とか……？」

「ほとんど正解と言っていいだろうな」

「ほとんど、ですか？」

ウィリアムは頷《うなず》くと、顚末《てんまつ》を語った。

狼を殺した者の家に、狼の子が生まれたのだという。自分が狼を産んだことで、その者の妻は正気を失い、夫の罪を叫《さけ》ぶように告白した。

「一族は狼の子を除いて死罪となり、家は取り潰《つぶ》された。死罪ではあるが、ある意味呪いで死んだとも言えるだろう」

その言葉に、なるほど、と思う。

「だが、代を経るに従って不思議なことが分かった」

ウィリアムが言うには、狼の子を不憫《ふびん》に思った側妃《そくひ》がいたのだという。人の姿で産んでやれなかった自分を責め、次の子を求めることはせずにその子を慈《いつく》しんだ。王もまた、そんな側妃と子を大切にしたらしい。

あるとき、戦《いくさ》に出た王に敵の刃《やいば》が迫《せま》った。だが、確かに刺《さ》されたはずの王には傷一つなく、王は息子《むすこ》に似た白い狼が自分を守ったのだと言ったという。

「王が城に帰還《きかん》すると、狼の子は亡《な》くなっていたらしい。王は嘆《なげ》いたが、その後の治世は安楽で、国は大いに栄えたという。それから、狼の子を大切にすれば国は繁栄《はんえい》すると言われるようになり、いつしか公爵の爵位と領地が与えられるようになったのだ」

おとぎ話のようだと思う。だが、作り話ではないのかもしれない。こうして実際に、狼の姿になる存在を目の前にしているのだ。

「とはいえ、今までの公爵はそのほとんどが自ら公爵領を統治することはなかったが」

「……なぜですか？」

「人に戻《もど》れなかったからだ」

ウィリアムはそう言うと、深いため息を吐《つ》く。

「俺は日の落ちたあとの時間だけは、人間に戻ることができる。だが、ルークを番《つがい》にするまでは夜すら人には戻れなかった」

その言葉に、ルークは大きく目を見開いた。

「番を得て初めて、人としての姿を手に入れたのだ」

「なる、ほど……」

そんなことがあるのか、と思ったがすぐに、まぁ狼《おおかみ》になる呪いがあるくらいなのだからそういうこともあるのか、と思い直す。

次いで、やはり、とも思った。

「そういうことだったんですね」

子どもの頃、ウィリアムがルークに噛《か》みついたのは、紛《まぎ》れもなく番の儀式《ぎしき》だったのだ。

「何も知らない子どもに、番の儀式をしたと」

思わずじろりと睨《にら》みつけたけれど、ウィリアムは苦笑《くしょう》を浮《う》かべただけで悪びれる様子もない。

「仕方ないだろう？　番だと思ったのだから」

「番だと思ったって……子どもだったのにですか？」

まだ第二の性すらはっきりしていなかったはずだ。今度は疑いのまなざしになったルークに、ウィリアムが口を開く。

「出会ったときのことを覚えているか？　もちろん、狼の『サフィ』に出会ったときのことだ」

「それは、まぁ、覚えています」

忘れていたけれど思い出した、というのが正しいけれど。

「最初は俺を怖《こわ》がらない子どもに驚《おどろ》いたよ。興味を引かれたのもそのせいだと思った。だが、すぐにそれだけではないと気付いた。ルークの顔を見れば心が躍《おど》り、寄り添《そ》えば心が安らぐのが分かったから」

ウィリアムの美しい青い目が、ルークの目を射貫《いぬ》くように見つめた。

「見つけた、と思った」

ルークの心臓が、ドキリと音を立てる。

「この子が、俺の番だと確信するのに時間はかからなかった。……ルークは本当に何も感じなかったのか？」

そう問われて、ルークは視線を彷徨《さまよ》わせる。

確かに、自分も狼のサフィといるのが好きだったとは思う。実際家に連れて帰ろうとしたことすらあった。だが、それが相手を番だと思っての行動かといえば、分からないとしか言いようがない。

サフィのことは、犬だと思っていたし、ルークはもとより犬が好きだ。好ましいと思ったのは確かだが、番かどうかなど考えたこともなかった。

「――――……何も感じなかったと言えば、嘘《うそ》になります。ですが、番だと感じたわけでもありません。なのに、何も言わずに番にするなんて……」

「何も言えなかったからな」

恨《うら》みがましい口調になったルークに、ウィリアムが笑う。

だが、冗談《じょうだん》のような口調で告げられたその言葉に、その頃のウィリアムは人になれず、何も話すことができなかったのだと思い当たった。

「すみません……」

「謝るようなことじゃない」

悪いことを言ってしまったと反省したルークに、ウィリアムは何でもないことのように言って苦笑する。

「ルークには本当に感謝している。俺は、ルークに出会うまで、自分が人の姿に戻ることがあるなんて、信じていなかった」

「そう、なんですか……？　でも、過去にも人の姿に戻った公爵様はいたんですよね？」

だからこそ、番を得れば人の姿に戻れるということが分かったのだろうし……。

「ああ、いた。だが、ただの番ではだめなんだ。それでいいのなら、全《すべ》ての者が人の姿を取り戻しただろう」

言われてみれば、そうかもしれない。いくら相手になるΩが貴重だといっても、王家であれば探すことはできただろう。

「呪《のろ》いを解くことができるのは、運命の番のみと言われている」

「運命の番……」

おとぎ話のようなものだと思っていた。だが、それはきっとウィリアムも同じだったのだろう。だからこそ、人に戻れることなどないと思っていたのだ。

「ルークに出会えたことが、俺にとっては奇跡《きせき》だった」

ウィリアムはそう言うと、嬉《うれ》しそうに微笑《ほほえ》む。

その顔を見てルークは、人に戻れるようになるまでの、ウィリアムの気持ちを思った。

自分がウィリアムに出会ったのはおそらく七つのときで、つまりウィリアム自身は十三くらいだったはずだ。生まれてから十三年もの間、ウィリアムは狼の姿で、人と話すことすらできずにいたのだ。

それはどれほどの孤独《こどく》だろうか。

しかも、その呪いを受けたのはウィリアムのせいではない。遥《はる》か遠い先祖の業《ごう》だ。

番さえできれば夜だけでも人の姿になれると、ウィリアムが知っていたなら、ルークを見つけた瞬間《しゅんかん》に番になろうとしていてもおかしくはない。

それでも、ウィリアムはそうはしなかった。二人で――当時のルークは一人と一匹《いっぴき》だと思っていたけれど、楽しい時間を過ごすことを選んだ。

でも、別れを告げられて、何も告げられず、番にもなれないまま別れることだけはできないと、そう思っても誰《だれ》がそれを責められるのか……。

「勝手に番にされたのは、正直に言えば少々怒《おこ》っています。……けれど、ウィル様が人の姿になれたのはよかったと思います」

本心からそう言うと、突然《とつぜん》ウィリアムの腕《うで》がルークを抱《だ》きしめた。

「わっ」

驚いた声を上げたけれど、腕が緩《ゆる》むことはない。

「……ありがとう」

どうしたものかと思っていたルークは、その声がわずかに震《ふる》えていることに気付いて体の力を抜《ぬ》く。

そうして、ウィリアムが夜の間だけでも人に戻れてよかったと、心から思うのと同時に、いつか完全に呪いが解ける日が来ればいいのにと思ったのだった。

◆

ルークの朝は遅《おそ》い。

いや、貴族としては極普通《ごくふつう》だが、実家にいた頃《ころ》よりは格段に遅くなっている。

その朝も十時近くになってようやく目覚めたルークは、自分の背後にもふりとしたぬくもりを感じて眉《まゆ》を寄せた。

目を覚ましてすぐだというのにため息を吐き、ゆっくりと体を起こすと、案の定、そこには狼のウィリアムの姿があった。気持ちよさそうに眠《ねむ》っている。

ウィリアムがサフィだったことが分かってからも、生活にはほとんど変化はなかった。

サフィと過ごしていた時間になれば勝手にウィリアムは姿を見せたし、ルークが多少邪険《じゃけん》にして見せたところで強引《ごういん》に居座るだけだ。

ルークだって、だめだと思いつつも白いもふもふした生き物がいれば無意識に撫《な》でてしまうこともあった。もっとも、ウィリアムはルークに撫でられることを望んでいるようだったし、一度人の姿のときに謝罪したら、気にせずにこれまで通り接して欲しいと言われてしまったのだが……。

しかし、一つだけ明確に変わったことがある。それは、ルークが眠りについたあと、仕事を終えたウィリアムがベッドに入り込んでくることだ。

ルークが目を覚ますことはほとんどなく、朝になると狼《おおかみ》が一緒《いっしょ》に寝《ね》ているのである。

ルークの心情は複雑だ。初日は驚いて声を上げてしまったけれど、狼姿のウィリアムは寝ぼけ眼《まなこ》で、ルークに半ばのしかかるようにして二度寝した。だが相手は狼であり、すぴすぴと気持ちよさそうに眠られるとどうにも怒りづらい。

それに、冷静になって考えれば、夜にしか人の姿になれないウィリアムは、夜に仕事をしていて、朝方は眠りについたばかりだろう。

その上、家主であり格上の貴族家当主であり番《つがい》、さらには婚約者《こんやく》でもある相手がベッドに忍《しの》んでくることを怒鳴《どな》り散らすのは、さすがに問題のある態度だ。しかも、寝ている間に何かされているというわけでもない。

そもそも、目が覚めない自分もどうかと思うのだ。

ルークはそれほど神経質な質《たち》ではないが、人がベッドに入ってきたらさすがに気がつくと思う。なのに、なぜか気がつかないのだ。

発情期だったとはいえ、あんなことのあった相手に対して、多少の警戒心《けいかいしん》はあるつもりだったが、どうにも怪《あや》しい。気付けば狼のときも人のときも、ソファに並んでいたりする。

狼もウィリアムだと知ったせいか、気配が全く同じなのだ。いずれうっかり頭を撫でたりしないように注意が必要になるのではと、内心恐《おそ》れている始末だった。

自分の気持ちなのに、どうしてこんなにわけが分からないことになっているのだろうと不思議だった。ちょっとしたことで心が緩みそうになる。

「これも番だからなのかな……」

思わずぽつりと呟《つぶや》いたルークは、ウィリアムの耳がぴくりと動いたのを見て、ハッと我に返る。どうやら起きたわけではなく、音に反応しただけのようだ。

そのことにほっとして、小さなため息を零《こぼ》した。

番であることも、自分がΩであることも厳然とした事実だ。発情期にあられもなくウィリアムを求めたことは、忘れたくとも忘れられるものではない。

けれど、だからといってΩだということを受け入れられたわけでもなかった。ウィリアムの番であることを受け入れるのは、Ωであるということを受け入れること……。

ルークにはまだ、どうしても難しかった。

――そんな日々を送っていたある日。

「は？　夜会？」

「ええ、そうです」

ケーニッヒの口から出た単語に、ルークは眉を顰《ひそ》める。おそらく、ものすごく怪訝《けげん》な顔をしてしまったと思う。

だが、それも仕方のないことだろう。

「夜会があるって……それは、私に関係があるのか？」

「もちろんです。そうでなければお話ししません」

ケーニッヒはにこにこと微笑みながら頷《うなず》く。

聞けば場所は王家の持つ離宮《りきゅう》の一つで、日時は今夜。ルークにはウィリアムのパートナーとして出席が求められているのだという。

「今夜？　嘘《うそ》だろう？」

「いえ、本当です。あまり早くお伝えしてはかえってお心に負担になるだろうとウィリアム様が判断なさいまして」

いくら何でも急すぎるのではと思っていたのが伝わったのか、ケーニッヒはそう言って苦笑《くしょう》した。確かに、先に聞いていれば、聞いた瞬間から今夜までずっとそのことで頭がいっぱいになっていたことだろう。

だが、せめてもう少し前に教えてくれてもよかったのではと思わなくもない。ルークは狼の姿でソファの上に伏《ふ》せているウィリアムに、恨《うら》みを込めた視線を向ける。

だが、ウィリアムのほうは素知らぬ顔だ。

「衣装のほうはすでに用意がありますのでご安心ください」

「全く安心できないけれど、まぁ分かったよ」

正直、ウィリアムのパートナーとして出席するというのは気が重い。

その上話をよく聞くと、今夜の夜会はルークをウィリアムの番として、婚約式の前にお披露《ひろ》目《め》することが目的なのだという。

そう言うからには、どうあっても、欠席するわけにはいかないのだろう。

離宮は王都からほど近く、ここから馬車でゆっくりと走って一時間半ほどだというから、ウィリアムが人の姿に戻《もど》ってから向かってもどうにか間に合うようだ。

「そんなに近くに離宮があるんだね」

社交界に出ていないルークが思わずそう言うと、四代前のファーレンハイト公爵《こうしゃく》が番のために建てたものだという。

「ということは、公爵領内にあるのか？」

「ええ、そうです。本来はウィリアム様の持ち物ということになるのですが、現在は王家が管理しております。使わないとなれば建物が傷《いた》みますしね。稀《まれ》に外国からのお客様の滞在《たいざい》場所としても使われたりしていますよ」

ウィリアムが許可したということらしい。

けれど、『ファーレンハイト公爵』が離宮を建てたというのは、驚《おどろ》きだった。

ファーレンハイト公爵は狼の姿で生まれた王族が受け継《つ》ぐ爵位と聞いている。それはつまり、四代前の公爵は、人の姿に戻れたということなのではないだろうか。

以前、ウィリアムは「今までの公爵はそのほとんどが自ら公爵領を統治することはなかった」と言っていたが、ほとんどということは皆無《かいむ》ではなかったということでもある。

四代前の公爵がきっと、その数少ない例の一人なのだろう。離宮を建てたのは番のためというから、その人も番を得たことで、人の姿になる時間ができたに違《ちが》いない。

そんなことを考えている内に、リードが浴室の支度《したく》ができたと呼びに来た。

「まだ昼間なのに？」

「お支度のためには今から入っていただく必要がありますので」

にっこりと微笑《ほほえ》まれて、ルークは頬《ほお》を引きつらせる。

「支度って、私は男だからそんなに時間はかからないだろう？」

「もちろん、女性でしたら朝からお時間をいただくことになっていたでしょうね」

そう口を挟《はさ》んだのはケーニッヒだったが、リードも同意するように頷いた。ルークには姉妹がいなかったが、そう言えば母親の支度は随分《ずいぶん》とかかっていたような気がしなくもない。王都で行われるような社交界の支度は、ルークが王都に随伴《ずいはん》しないため、見たことはないけれど……。

「さぁ、とにかくまずはお風呂《ふろ》ですよ」

改めてそう促《うなが》され、ルークはため息を吐きつつ重い腰《こし》を上げたのだった。

日の落ちた街道《かいどう》を馬車が走る。

安全のために、マーカスが馬で少し前を走ってくれているが、速度は速くない。これだけ暗ければ当然だろう。本来ならばこんな夜に移動するべきではないのだろうが、ウィリアムの体質上仕方がない。

窓の外を見ても暗いばかりで何も分からないため、ルークはカーテンを捲《めく》っていた手を下ろし、小さくため息を吐く。

「夜会なんて行ったことがないのに……」

ぽろりと零れた呟きに、ウィリアムが笑う。

「俺も行ったことがないから安心しろ」

「……余計に不安になりました」

ついそう口にしたけれど、ウィリアムは不機嫌《ふきげん》になることもなく微笑んだままだ。

「ルークはただ、俺の隣《となり》に立っていればいい。挨拶《あいさつ》をしなければならない相手は陛下だけだし、それほど長く滞在するつもりもないから、そこまで緊張《きんちょう》しなくてもいいと思うぞ」

ウィリアムは簡単に言うが、ルークからすれば、その国王陛下への挨拶が最大の問題なのである。考えただけで胃がキリキリしそうだった。

「陛下は玉座にあることが気の毒なほどやさしい方だ。本当に心配しなくていい」

「……はい」

心配しないのはさすがに無理だが、それでもウィリアムがそう言うのなら、少なくとも甥《おい》に対して情のある人なのだろうと信じるしかない。

「それに、トレーニー伯爵《はくしゃく》も来るという話だ」

「祖父が？」

「ああ。話をする時間も作れるだろう」

そう言われて、少しだけほっとする。祖父に会うのは久《ひさ》し振《ぶ》りだったが、身内が会場にいるというだけでも多少は安心感があった。

敢《あ》えて祖父の名を出したということは、両親は呼ばれていないのだろう。もっとも、身分的にも呼ばれないほうがよかったとは思う。きっと肩身《かたみ》の狭《せま》い思いをしたはずだ。

支度をしつつ聞いたところによると、今回の夜会に招待されているのは、伯爵以上の身分の者で、その中でも血や立場が王家に近い貴族だという。もっと言うならば、呪《のろ》われた公爵の真実を知る家を中心に集められているらしい。

トレーニー伯爵家はそこそこ歴史のある家ではあるが、権力的にはそれほど高い地位になく、呪いについても正確なところは聞かされていなかったはずだ。今回の場合はルークとの繋《つな》がりもあって呼ばれたのかもしれない。

「従兄弟《いとこ》とは折り合いが悪いが、祖父はよくしてくれる、と昔言っていただろう？」

「え？　――ああ、覚えてたんですか」

ルークは一度首を傾《かし》げたあと、思わず苦笑した。

それは、ルークが子どもの頃《ころ》、サフィに零《こぼ》した愚痴《ぐち》だったからだ。

「実際は逆というか……祖父がよくしてくれたからこそ、従兄弟はそれが気に入らなかったんでしょうね」

当時から分かっていたことではある。だが、やさしくしてくれる祖父の手を拒《こば》むのも申し訳なく、それならば従兄弟の悪戯《いたずら》くらいは甘んじて受けようと思ってはいた。

それでも、不満がないと言えば嘘《うそ》になる。ついつい、聞いている者もいないのだからとサフィに愚痴を零してしまったのだ。

「私は社交シーズンも領地にいますから、あれ以来会ってないんです。なので祖父に会えるのは楽しみです。まぁでも、きっと従兄弟ももう大人になっているでしょう。多分」

そんな話をしているうちに、離宮《りきゅう》に到着《とうちゃく》したらしい。

馬車が止まり、外からドアが開かれる。

ウィリアムに続いて馬車を降りると、宵闇《よいやみ》の中に離宮の姿がぼんやりと浮《う》かび上がって見えた。

「ルーク、手を」

「あ、はい」

言われるままに手を預ける。ここからはエスコートされる必要があった。

ルークとウィリアムはそのまま入り口へと向かい、中へと入る。すでにほとんどの者は入場したあとなのだろう、入り口の辺りは閑散《かんさん》としていた。

離宮の中はふんだんに明かりが灯《とも》されており、きらびやかな家具や壁《かべ》に飾《かざ》られた絵画などが照らし出されている。その美しい内装に、ルークは内心恐《おそ》れおののいた。

ファーレンハイト家の屋敷《やしき》の家具も十分高価な物が揃《そろ》っているが、ここの物はそれよりもさらに豪華《ごうか》に見える。外国から来た客が滞在することもあると言っていたから、そのためにことさら豪華にしてあるのだとは思う。だが、もともとが男爵《だんしやく》家の次男であり、前世も庶民《しよみん》だったルークには眩《まぶ》しすぎる。

触《さわ》って壊《こわ》したりしないように気をつけよう……などと思いながら、ウィリアムに導かれるままに奥へと進んだ。

大きく開かれた扉《とびら》の前で召使《めしつか》いに招待状を渡《わた》すと、しばらくここで待つように言われる。

「お待たせいたしました。こちらへどうぞ」

扉の前にいたのとは別の召使いに案内されて、廊下《ろうか》を進む。このままホールに入るのだと思っていたルークは驚いたけれど、ウィリアムが何も言わないので、同じように何も言わずに従った。

やがて、案内されたのは、入り口とはほぼ真逆の位置にある部屋だった。

ソファと小さなテーブルがあり、その向かいには花瓶《かびん》に花が飾られ、壁には小さいけれど美しい風景画が掛《か》かっている。

ホールのすぐ横なのだろう。入ってきたのとは別の扉の奥から、音楽が漏《も》れ聞こえていた。

「こちらでお待ちください」

そう言って一礼すると、召使いは部屋を出て行く。

「ここは？」

不思議に思ってウィリアムに問いかける。

「控《ひか》えの間だよ。すぐに陛下がおいでになるはずだ」

「えっ」

思わぬ言葉に、ぎょっとして固まったルークだったが、どういうことかと問い詰《つ》める前に、再び扉が開いてしまった。

慌《あわ》てて振《ふ》り向くとそこには、金色の髪《かみ》と青い目をした壮年《そうねん》の男と、ブルネットを結《ゆ》い上げたやさしげな顔立ちの女性が立っていた。

「久しいな、ウィリアムよ」

「ご無沙汰《ぶさた》しております、陛下。妃殿下《ひでんか》も、お元気そうで何よりです」

そうだろうとは思っていたが、やはりこの二人が国王とその妃《きさき》なのだと分かって、ルークは内心悲鳴を上げる。

「して、そちらが、そなたの番《つがい》か？」

「ええ、そうです。紹介《しょうかい》します」

ウィリアムはそう言うと、固まっているルークの手を引き寄せ、腰に手を添《そ》えた。

「ルーク・ブレネイスです。ルーク、陛下たちにご挨拶を」

「……はい。国王陛下、王妃殿下にブレネイス家子息、ルーク・ブレネイスがご挨拶申し上げます」

ウィリアムの手を離《はな》し、ルークは深々と頭を下げる。頭の中では、これで挨拶の文言は合っていただろうかとヒヤヒヤしていたが、態度には出さないように極力気をつけたつもりだ。

「そう畏《かしこ》まらずともよい。そなたには感謝しているのだ」

「感謝、でございますか？」

問題はなかったようだとほっとしつつも、ルークは意外な言葉に首を傾げた。国王は頷《うなず》いて、笑《え》みを浮かべる。

「そなたのおかげで、ウィリアムは人の姿を取ることができるようになった。ウィリアムがあれほど若くして人の姿を取ることができるようになるなど、奇跡《きせき》に近いことだ」

その言葉に、国王が本当にウィリアムのことを大切に思ってくれているのだと感じて、胸の奥が温かくなる。

「これからも、よろしく頼《たの》んだぞ」

「……はい。番として、ファーレンハイト公爵《こうしゃく》に尽《つ》くして参ります」

ルークの言葉に国王は大きく頷き、ウィリアムへと視線を向ける。

「よい番に巡《めぐ》り合ったな」

「はい。私もそう思っています」

国王の言葉にウィリアムが微笑《ほほえ》むと、国王は頷きながら大きな手で、ウィリアムの肩を何度か叩《たた》いた。

「よし、では、参ろうか」

国王の言葉にウィリアムと王妃が頷き、ルークは「どこに？」と思いつつ差し出されたウィリアムの手を取る。

扉の外で鐘《かね》の鳴る音が響《ひび》き、音楽が止まる。そして、ホールに続いていると思われる扉が開かれた。

まさかここから出て行くのか？　国王と王妃と共に？　と半ばパニックになりつつも、足を動かして扉を潜《くぐ》る。

一斉《いっせい》に、こちらに視線が向けられるのを感じて、顔が引きつりそうになる。だが、ウィリアムに合わせて進むしかない。

一瞬《いっしゅん》、大丈夫《だいじょうぶ》だというように、預けたままの手を握《にぎ》られてウィリアムへと視線を向ける。ウィリアムが安心させるように、やさしく微笑んでくれるのを見て、少しだけほっとした。

そして、わずかに平静を取り戻《もど》してみれば、視線のほとんどが自分ではなくウィリアムに向かっていることに気付く。

それはそうだろう。ウィリアムは今まで一度も、人前に姿を現したことがない『呪われた公爵』なのである。

それに、この美しさだ。呪いという言葉には全くそぐわない姿だろう。自分も初めてウィリアムを見たときは随分《ずいぶん》と驚《おどろ》いたものだと、まだあれから一ヶ月程度なのに少し懐《なつ》かしく思う。

そのまま国王と王妃のために用意されたであろう席の近くまで行き、二人が三段ほど高い場所にある席の前に立つのを見上げる。

「皆《みな》、楽しんでおるか？」

静まり返ったホールに、国王の声が響く。

「今日は珍《めずら》しい客が来てくれた。ファーレンハイト公爵と、その番であるルーク・ブレネイスだ」

そう言いながら国王がこちらに視線を向けると、ウィリアムが微笑んで礼をする。ルークも少し遅《おく》れて頭を下げた。

「二人は、間もなく婚約《こんやく》の儀《ぎ》を交《か》わすことになっておる。こうして、幸福な二人を見られたことを幸いに思う。素晴《すば》らしい夜だ。共に楽しむがよい」

拍手《はくしゅ》の音と共に、音楽が再開される。人々のさんざめく声も戻ってきた。ルークはようやく少しだけ緊張《きんちょう》が解けたが、まだ夜会は始まったばかりだ。

ざわめきの中から、ファーレンハイト公爵という言葉が漏れ聞こえ、多くの目がウィリアムに向けられていたが、直接話しかけようとする者はいない。

その間にウィリアムはウェイターから飲み物を受け取り、ルークにも渡してくれた。受け取って、視線が合わないように気をつけつつ、周囲に視線を向ける。すると……。

「あ……」

「どうした？」

小さく呟《つぶや》いたルークに、ウィリアムが尋《たず》ねる。

「いえ、祖父の姿が見えたので」

もう随分会っていないけれど、分かるものなのだなと思う。もっとも、祖父と父の顔が似ているせいもあるのだが。祖父の隣《となり》には、落ち着いた深緑のドレスを身につけた祖母が寄り添っていた。

「なら、今のうちに挨拶《あいさつ》に行こう」

ウィリアムはあっさりとそう言うと、ルークに祖父の居場所を確認《かくにん》する。

ルークとしても、このままただ視線に晒《さら》されているよりはいいように思えて、言われるままに祖父のいるほうへとウィリアムを誘導《ゆうどう》する。

祖父はもともとこちらに気付いていたらしく、少し緊張した様子でこちらを見ていた。

「お祖父様《じいさま》、お祖母様《ばあさま》、ご無沙汰しています」

「ああ、久《ひさ》し振《ぶ》りだな、ルーク。随分と大きくなった」

温かい微笑みを向けられて、少しほっとする。そのままウィリアムと祖父母にお互《たが》いを紹介した。ウィリアムは祖父と握手《あくしゅ》を交わし、祖母の手を取って唇《くちびる》を寄せる。

「ルークのことは、必ず大切にします」

はっきりとそう言ったウィリアムに、二人は顔を見合わせ、嬉《うれ》しそうに微笑む。

「よろしくお願いします。ルークもよく、公にお仕えするんだぞ」

「はい。分かっています」

苦笑《くしょう》しつつ頷くと、祖父は随分ほっとした様子だった。やはり『呪《のろ》われた公爵』という噂《うわさ》が気になっていたのだろう。

思わぬ機会だったけれど、ここで祖父母に会えたことは良かったな、などと考えていたのだが……ゆったりとしていられたのはそこまでだったのである。

「ファーレンハイト公爵、お初にお目にかかります」

最初に話しかけてきたのは、侯爵《こうしゃく》を名乗る男だった。そして、それを皮切りにそこからは途《と》切《ぎ》れることなく挨拶が続く。

まさか、ここに参加している全員が挨拶に来るのではないだろうなと疑うほどだ。もちろん、さすがにそんなわけはないのだろうが……。

ついでであることは間違《まちが》いないが、ルークも挨拶を返さぬわけにはいかず、徐々《じょじょ》に頬《ほお》が引きつってきた。明日は表情筋が筋肉痛になるに違いない。

ウィリアムはそんなルークの様子に気付いていたのだろう。

「すまないが、番が疲《つか》れているようだ。少し休ませてやりたい」

そう口にすると、さっと人だかりを抜《ぬ》けて壁際《かべぎわ》に並ぶソファへと、ルークを連れて行ってくれた。

「大丈夫か？」

「はい……すみません。気を遣《つか》っていただいて……」

ルークの言葉に、ウィリアムは微笑んで首を振《ふ》る。

「陛下が退出したらすぐに帰ろう」

当たり前のように言われて、ルークは目を瞠《みは》り、慌《あわ》てて頭《かぶり》を振る。

「そんな、だめですよ。ウィル様が初めて出席された夜会だというのに」

おそらくここにいる貴族の多くは、ウィリアムに挨拶しておきたいと考えているだろう。今までは『呪われた公爵』と言われ、関係を築いた家はなかったが、今夜で全《すべ》てが覆《くつがえ》った。

共に入場することが許されるほど、王に目を掛《か》けられている王甥《おうせい》。そのうえその姿は、呪いなどという禍々《まがまが》しい言葉とはとても結びつかない美しさである。

番《つがい》を得ている以上、婚姻《こんいん》による結びつきを得ることは敵《かな》わない上に、次にどの夜会に来るとも分からない相手だ。今夜を逃《のが》す手はないと考える者は多いはずだ。

「俺が相手に気を遣う必要はないだろう？　それに、ファーレンハイト公爵家が特殊《とくしゅ》なものであることは、ルークも知っているはずだ」

「それは、そうですけど……」

通常の貴族家は、周囲の貴族との繋《つな》がりが大事になるものだが、ファーレンハイト公爵は呪いの発現した王族のために用意された特殊な家だ。詳《くわ》しくは聞いていないが、王家との繋がりは深いだろうし、領地の経営はウィリアムが人前に一度たりとも姿を現すことがなくとも上手《うま》くいっていたようだし……。結局のところ、ウィリアムの仕事に差し障《さわ》りがないのならいいのかもしれない。

「それに、正直俺も疲れた。こんなに多くの人間と一堂に会すること自体、これまでなかったからな」

そう言われればそうだ。

もちろん、わざわざそれを口に出したのは、気を遣ってくれてのことだろうけれど……。

「ありがとうございます」

ここまで言ってくれるのならば甘えてもいいか、と礼を口にしたルークに、ウィリアムが嬉しそうに微笑《ほほえ》む。

「とりあえず何か飲むか？　そのほうが話しかけられずに済む」

その言葉に笑って頷《うなず》くと、近くにいたウェイターを呼んでくれた。だが、発泡《はっぽう》性の白ワインをもらおうと手を伸《の》ばしたときだった。

「ファーレンハイト公爵《こうしゃく》閣下」

召使《めしつか》いの一人がウィリアムに近付き、小声で何かを告げる。ウィリアムがわずかに眉《まゆ》を顰《ひそ》めてから、ちらりとルークを見る。

「どうかしましたか？」

「……陛下がお呼びだと」

「えっ」

嫌《いや》そうな様子で言われて、ルークのほうが焦《あせ》ってしまう。

「私もご一緒《いっしょ》したほうがいいのでしょうか？」

「いや、呼ばれているのは俺だけだが……」

じっと見つめられて、ルークは首を傾《かし》げる。

「ルークから離《はな》れるのは心配だ」

「心配って……子どもじゃないんですから、大丈夫《だいじょうぶ》ですよ。ここに座って待っています。というか、陛下をお待たせしないでください」

ルークがそう言っても、ウィリアムは少し不満そうだったが、諦《あきら》めたようにため息を吐《つ》いた。

「俺の番だと皆分かっているから、一人でいるところに声をかけてくるような者はいないと思うが……」

αの番に対する執着《しゅうちゃく》を思えば、αのいないところで番に声をかけるのは悪手である。ウィリアム――ひいては、王家に目をつけられたくなければ避《さ》けるだろう。

「ええ、大丈夫ですから」

さっさと行けという代わりに軽く手を振ると、ウィリアムはようやく歩き出した。

それにほっとしつつ、受け取ったグラスに口をつける。

そうしてグラスを傾《かたむ》けつつ、特にすることもないので、なんとなく背中を見送る。

王とは、目の色以外はそれほど似ていない。親族だと言われれば、なるほどと思う程度だ。

一人になったウィリアムは、早速《さっそく》また声をかけられていた。こうしてみるとやっぱりというかなんというか、ウィリアムは目立つ。αは総じて容姿に優《すぐ》れるが、その中でも群を抜いているように思えた。次から次に声をかけられてしまうのも仕方ないことだろう。

だが、国王陛下に呼ばれていると言えば引き留める貴族はいない。すいすいと人波を泳いでいき、背中はすぐに見えなくなった。

「おかわりはいかがですか？」

ぼんやりしているとウェイターにそう声をかけられる。いつの間にか空になっていたグラスを返して、新しいものを受け取った。

そう言えばウィリアムの両親はどうしているのだろう？　侯爵のはずだから、ひょっとして、今日この場に呼ばれているのだろうか。挨拶をした中には、それらしき人たちはいなかったけれど……。

考えてみれば、ウィリアムとは家族の話などをしたことは一度もなかった。養子に出されたことは知っていたし、すでに爵位を継《つ》いでいたことから、屋敷《やしき》に先代の姿がないことも不思議には思わなかったというのもある。

もっとも、今になって事情を考えれば、不用意に話題に出さなくてよかったとも言える。ウィリアムが自分から話さない限りは、訊《き》くべきではないだろう。狼《おおかみ》として生まれた子どもに対して、両親がどう考え、どんな態度を取ったかは分からないのだから……。

だが、王とウィリアムの関係が、とてもよいものであることが知れたことはよかった。緊《きん》張《ちょう》したし、王から紹介《しょうかい》されたときは何が起こっているのか分からないほどだったけれど、ここに来てきっとよかったのだと思う。

「まぁ……正直、場違い感がすごいけど……」

思わずぽつりと呟《つぶや》きつつ、天井《てんじょう》から下がる巨大《きょだい》なシャンデリアを見つめる。

ファーレンハイトの屋敷も、ルークの生家であるブレネイスの屋敷に比べればずっと豪華《ごうか》だが、離宮《りきゅう》のような絢爛《けんらん》さはない。正直に言うならばルークとしては、そのほうがありがたいのだが……。

考えているうちに、グラスが空になった。ウェイターに声をかけられ、空になっていたグラスを返して、今度は赤ワインを受け取る。することがないのでついついグラスに口をつけてしまう。

そうして杯《はい》を重ねながら、会場へと視線を向けていたのだが……。

何杯目かのグラスを受け取ったあと、ふと視界に入ってきた銀髪《ぎんぱつ》に、引き寄せられるように目を向けた。そして、そのまま軽く目を瞠る。

銀髪の持ち主は、思った通りウィリアムだった。だが、隣《となり》に見知らぬ女性がいたのだ。

おそらくルークと同じか少し若いくらいだろう。少女と言ってもいいかも知れない。燃えるような赤い髪《かみ》は、この国では珍《めずら》しい。ウィリアムに熱心に話しかけているようだが、ウィリアムの表情は感情が死んだのかと思うほどに冷たい。

社交辞令としての笑《え》みすらもない。ウィリアムのそんな表情を見るのは初めてだった。美貌《びぼう》も相まって恐《おそ》ろしさすら感じる。相手の女性は、よくあの表情のウィリアムに話しかけられるものだ。むしろ感心してしまいそうにすらなる。

その上、女性はそのウィリアムの腕《うで》に手をかけた。普通《ふつう》に考えて不敬であり、若い女性がするには、はしたないと思われても仕方がない行為《こうい》だ。豪奢《ごうしゃ》なドレスからして、身分の高い家の令嬢《れいじょう》なのだろうに……。

ルークは思わず眉を顰めた。前世の記憶《きおく》のせいだけでなく、ブレネイスが平民との距離《きょり》も近い家だったから、多少の無作法は気にならない質《たち》だ。なのに、なぜだか胸の辺りがもやもやする。

そんな自分の感情に戸惑《とまど》っているうちに、あまりにも冷たいウィリアムの表情のせいか、それとも何か言われたのか、女性は諦めたらしく手を離《はな》した。

そのままこちらに向かってきたウィリアムは、すぐにルークの視線に気付いたらしく、今までの表情が嘘《うそ》のような笑《え》みを浮《う》かべる。

「待たせたな。大丈夫だったか？　少し顔が赤いが……」

そう言われて、頷く。顔が赤いとしたらアルコールのせいだろう。

「大丈夫です。けど、今の……」

言いかけて、言葉に詰《つ》まる。

「どうした？」

心配そうにそう訊きながら、ウィリアムが隣に座った。そのまま何気なく手を握《にぎ》られて、頬《ほお》がわずかに熱くなる。

途端《とたん》に胸の中のもやもやしたものが霧散《むさん》して、同時に何を訊こうとしていたのか分からなくなった。

「なんでも、ないです」

ぎこちなくそう言うと、ウィリアムは小さく首を傾げ、それからハッとしたように軽く目を見開く。

「先ほどの女性なら、単にダンスに誘《さそ》われただけだ。もちろん、断った」

そうだったのか、とほっとする。ダンスに誘うくらいは社交の一環《いっかん》だし、おかしな話ではない。もちろん、腕に手をかけたのは行きすぎた行為ではあるのだが……。

「……よかったんですか？」

「もちろんだ。ルーク以外と踊《おど》る気はない」

はっきりと言い切られて、ルークは驚《おどろ》いてぱちりと瞬《しばたた》き、それから苦笑《くしょう》する。

「そんなことを言われても、私は男性のパートしか踊れないから無理ですよ」

「そうか……。なら、次までに俺が女性パートを練習しておこう」

いいことを思いついたというように言われて、ルークは大きく目を瞠《みは》った。

もちろん、冗談《じょうだん》だということは分かる。けれど、自分でも驚くくらい、その言葉はルークの心の深い場所に落ちた。

そうして言葉の触《ふ》れた場所から、湧《わ》き出てきたのは、間違《まちが》いなく歓喜《かんき》だった。

ウィリアムが自分に、女性としての役割を求めなかったことが、ルークの心を大きく揺《ゆ》さぶったのだ。

こんな台詞《せりふ》だけで？　と人は思うかもしれない。自分だって、なんて単純なのだろうと思わないわけではない。アルコールのせいで、感情の振《ふ》り幅《はば》が大きくなっているのだという自覚もある。けれど、それでも……。

ずっと自分の中に、Ωという性に抵抗《ていこう》する気持ちがあった。

前世の記憶などというものがなければスッと呑《の》み込んでいただろうそれを、一人で抱《かか》え続けていたのだ。

女性のように求められることと、自分のセクシャリティの間に、落とし所が見つけられずにいた。

けれど、ウィリアムが、他《ほか》の誰《だれ》でもない自分の番《つがい》が、産む胎《はら》としてではなくルークという人格を大切にしてくれているのだと、ようやく思えた気がする。

じわりと滲《にじ》みそうになった涙《なみだ》をごまかすように、ルークは笑った。

「――身長差がありますし、仕方ないので私が練習しておきます」

不思議と抵抗なく、むしろ喜びと共にそんな言葉が口を衝《つ》いて出る。自分がだらしなく笑み崩《くず》れている気がしたけれど、アルコールのせいか上手《うま》く制御《せいぎょ》が利《き》かなかった。

「……楽しみだ」

そう言ったウィリアムが本当に嬉《うれ》しそうで、そんなに喜ばれると少し恥《は》ずかしい。

けれど、悪い気はしなかった。

「そろそろ帰ろうか」

「はい」

促《うなが》されて、手を差し伸《の》べられる。素直《すなお》に手を取って立ち上がった途端、足下《あしもと》がふらつき、少しだけ視界がくらりとした。

「大丈夫《だいじょうぶ》か？」

「は、はい。少し、酔《よ》ったのかも……」

実際は少しではない。足に出るほど酔うことなどほとんどなかった。あまり強くもないのに、飲み過ぎたかもしれない。どうにも、手持ち無沙汰《ぶさた》だったのだ。

「具合は悪くないか？」

「はい。そういうのは全然。むしろちょっとふわふわして気持ちがいいです」

そう言って笑うと、なぜだかウィリアムは少し困ったような笑みを浮かべた。

「早く帰ろう」

これから帰るところだというのに、もう一度そう言われて、不思議に思いつつもルークはこくりと頷《うなず》いたのだった。

妙《みょう》な揺れを感じて、ルークはぼんやりと目を開けた。

視界に映ったものに、なんだろうこれはと思ってから、ウィリアムの顎《あご》だと気付く。

「ウィル様ぁ……？」

「うん？　起きたのか？」

そう言われて、ぼんやりしつつも頷く。起きた、ということはどうやら自分は眠《ねむ》っていたらしい。

離宮を出て、馬車に乗ったところまでは覚えている。おそらく馬車の中で眠ってしまったのだろう。

そして、自分がウィリアムに抱《だ》き上げられて移動しているのだと、ようやく認識《にんしき》した。だが、頭の中はまだぼんやりしている。視界も少しおかしい気がした。

「下ろして」

ふわふわとした思考のまま、むにゃむにゃとした口調で言うと、ウィリアムはおかしそうに笑った。

「もう着く」

そう言って、ついてきていたらしいモーリスによって開かれたドアを潜《くぐ》る。薄暗《うすぐら》い室内を進み、そのままゆっくりとルークをベッドに下ろした。

モーリスは小声でウィリアムと一言二言言葉を交《か》わしたのち、手にしていた水差しを置いて出て行く。

「気持ちは悪くないか？」

「ん……気持ち……悪くない、です。全然」

ぼんやり答えながら、体を起こすと、視界が揺れる。

「こら、急に動くな」

苦笑と共に抱き留められて、頬が熱くなる。そう言えば、少し酒を過ごしてしまったのだった。眠ってしまったのもそのせいだろう。会場にいる間は気を張っていたけれど、歩くうちに少しずつ体が火照《ほて》るのを感じ、馬車に乗った途端緊張《きんちょう》の糸が切れてどっと酔いが回ってしまったのだ。

「大丈夫。あの、すみません、運んでもらって……？」

「気にしなくていい。だが、ルークはあまり人前では酒を飲まないようにして欲しい」

「えっ？」

思わぬ言葉に、ルークは戸惑う。酒癖《さけぐせ》が悪いと言われたことは、今まで一度もなかったのだけれど……。

「何かしました……？」

完全に記憶が飛んだことはないが、ところどころ思い出せないということは今までもあっ

た。

「いや、単にいつも以上にかわいらしいから人に見せたくない。今も……」

「ん……っ」

突然《とつぜん》ちゅっとキスされて、ルークは目を瞠る。

「目が、潤《うる》んでる」

「そんなの、この暗さじゃ見えないでしょう」

熱を含《ふく》んだ吐息《といき》に胸がどきどきして、突然のキスに文句を言うことすら忘れてしまう。まだ酔いが残っている頭は、どこかふわふわとしている。

「言ったことはなかったか？　俺は人より夜目が利くんだ」

「……初めて聞きました」

もう一度されたキスに、少し息が上がったのも、酔いが残っているせいだろうか。

なぜだろう、少しもいやじゃない。

むしろ、なぜか少し……。

「優越感《ゆうえつ》……？」

「うん？　なんだ？」

このαは自分のものだと、声高《こわだか》に叫《さけ》びたいような気持ちが胸の隅《すみ》にこびりついている。その原因がふわりと脳裏《のうり》に浮《う》かんだ。

「腕《うで》、触《さわ》られてた……」

「腕？」

不思議そうに言うウィリアムに頷いて、抱き留めてくれていた体を少し押して離《はな》すと、腕の辺りに手を伸ばす。暗くて、ちゃんとは分からないけれど、多分この辺り。

「美人だった……真っ赤な髪《かみ》の毛が、きれいで」

「……なんの話だ？」

とぼけているわけではなくて、本当に分からないという様子の声に、思わず笑ってしまった。一度笑うとなかなか止められなくて、そのままころりとうしろに転がった。

自分はもやもやしたのに、あんなふうに引き留めた女のことを、ウィリアムは少しも覚えていないのだ。

「ダンスに誘《さそ》われたって、言っていたのに」

「……あぁ、あれか」

ようやく思い出したらしいウィリアムに、また笑ってしまった。

「いやだったのか？　断ったのに？」

「いやとかじゃなくて……なんかもやもやってしただけです」

胸の辺りを手のひらでごしごしと擦《こす》る。

「ここが？」

「ん……」

ウィリアムの手が、確認するようにルークの胸に触《ふ》れた。

「でも、すぐウィル様が、私の手を握《にぎ》ったから、どこかへ行きました……」

「そうか」

ウィリアムはそう言うと、覆《おお》い被《かぶ》さるようにして再び唇《くちびる》を重ねる。舌を入れられて、ルークは頭《かぶり》を振《ふ》ってそれを拒《こば》む。

「いやなのか？」

「息、苦しいから」

「苦しくなければいいか？」

問われて、かくりと首を傾《かし》げる。

「キス？」

「その先も」

「それはだめ。妊娠《にんしん》する、から」

子どもができるのは、怖《こわ》い。そう口にしてから、こんなこと言ってよかったのだろうかと頭の片隅《かたすみ》で思ったけれど、ふわふわしていてよく分からない。でも、ウィリアムなら許してくれる気がした。

「今は発情期じゃないから、子どもはできないぞ？」

「あー……そっか」

「そうだ」

発情期ではない。だから、子どもができる恐《おそ》れもない。

「なら、いいかなぁ」

ルークがそう言った途端《とたん》、また唇を塞《ふさ》がれて、舌が入り込んできた。

「ん、ふ……っ」

徐々《じょじょ》に深く、激しくなっていく口づけに息が苦しくて、まだ残っているアルコールのせいか頭の中がぐるぐるする。

そうして、唇を重ねながら、ウィリアムは性急にルークの服に手をかけた。パーティ用に着《き》飾《かざ》った服装を一枚一枚剝《は》がされて、あっという間に裸《はだか》にされていく。

「ウィル様も、脱《ぬ》いで……」

自分だけが裸にされるのが気に食わなくて、そんなことを言ってみる。ウィリアムは特に逆らうことなく、あっさりと服を脱ぎ捨てて覆い被さってきた。

「ん……っ」

抱きしめられて、胸板《むないた》が重なる。ウィリアムの肌《はだ》は熱かった。アルコールで火照っているように感じる自分の肌よりももっと。

「あ、あ……っ」

ウィリアムの大きな手が、ルークの肌を撫《な》でる。首筋や、鎖骨《さこつ》、肩《かた》、そして胸元《むなもと》へと下りて、まだ柔《やわ》らかい乳首《ちくび》へと触れる。

「んっ……」

触れられているうちにそこは徐々に色づき、硬《かた》く尖《とが》り始めた。

「あ、あ、ん……っ」

どうしてこんなところが気持ちいいのか分からない。尖りを押しつぶすように撫でられると、なぜか腰《こし》の奥のほうが痺《しび》れるようで……。

発情期の間に、自分の体は随分《ずいぶん》と変わってしまった。今までならば意識しなかった場所が敏《びん》感《かん》になっていることに、いやでも気付かされる。

「気持ちがいい？」

そう訊《き》かれて、ルークは唇を噛《か》む。

「ルーク？」

「……分かっているのでしょう？」

拗《す》ねたような声で言ったルークに、ウィリアムが小さく笑った。

「ああ、ルークの体は素直《すなお》だからな」

親指と人差し指の間で紙縒《こよ》りを作るかのように擦られて、ほんの少しの痛みと快感に体が震《ふる》えた。

「あんっ」

指で触れているのとは逆の乳首を舐《な》められ、舌で捏《こ》ねられて、快感に甘い声が零《こぼ》れる。

「舌でこうされるのも、気持ちがいいのだろう？」

「そ……なこと、言わないで……」

羞恥《しゅうち》にますます熱をもった頬《ほお》を隠《かく》すように、ルークが両手で顔を覆うと、ウィリアムは指と舌で同時に乳首を嬲《なぶ》った。

「あ、んっ、や、あぁ……」

唇で吸い上げられ、反対側は尖りを潰《つぶ》すようにぐりぐりと捏ねられる。二つの刺激《しげき》を同時に与《あた》えられて、ルークはただ快感に震えることしかできない。

吐《は》き出す息が熱い。体の奥がとろりと溶《と》けるのを感じて、羞恥に唇を噛んだ。

快感を覚えて、中から濡《ぬ》れる体。アルコールによる酩酊《めいてい》は、発情期ほどには理性を飛ばしてくれない。

もし、離宮《りきゅう》でウィリアムから与えられた言葉がなければ、自分の体の反応に嫌悪《けんお》を抱《いだ》いただろう。

今は、ただ恥《は》ずかしい。

「あ……っ」

不意に、ウィリアムの手がルークの下腹部に触れた。胸への刺激だけでゆるりと立ち上がったものを握り込まれる。

「ひ、あ、あっ」

先端《せんたん》に滲《にじ》んだものを塗《ぬ》り広げるような指の動きに、ぴくりと腰が跳《は》ねた。ウィリアムは舌先で乳首を嬲りながら、手の中で脈打つ熱塊《ねっかい》をゆっくりと扱《しご》く。

気持ちがいい。なのに、何か物足りないと思ってしまう。もっと触れて欲しい場所があり、欲しいものがあることをルークの体はもう知っている。

「あ、あ、も、や……ぁ」

乳首は真っ赤に充血《じゅうけつ》し、大きな手で包まれた場所がくちゅくちゅと濡れた音を立てている。同時に、触れられてもいない体の奥からとろりと愛液が零れ落ちる。

発情期でなくても、自分の体はウィリアムを迎《むか》えようと準備を進めている。そのことがどうしようもなく恥ずかしいのに、早く入れて欲しいと思ってしまう。

まだ触れられてもいない場所がうずく。

発情期の間、幾度《いくど》となくウィリアムのものが入り込んできた場所。ここをいっぱいにされて、中を擦って、熱いものを注いで欲しい。

しかし、それを口にするのはさすがにためらわれた。

発情期でもないのに、自分から入れて欲しがるなんて……。

いくら何でも自分には無理だと思う。ルークは顔を覆っている手のひらでそのまま唇を押さえる。

だがその間にもウィリアムは、手と舌でルークの快感を高めていく。

体の奥は相変わらずウィリアムを欲しがっているけれど、それとは別の快感に体が昂《たか》ぶっていく。ウィリアムの指が、舌が動くたびに気持ちがよくて今にもイッてしまいそうだった。

「も、だめ……っ、あっ、ウィルさ、まぁ……っ」

快感を堪《こら》えるように膝《ひざ》を擦《こす》り合わせたが、ウィリアムの手は止まらない。それどころか、とろとろ零れる先走りに助けられるように、手の動きが徐々に速くなっていく。

「あ、あぁ……！」

ルークはウィリアムの手で絶頂を迎えた。体から力が抜《ぬ》け、両手はぱたりと体の脇《わき》に落ちる。

ウィリアムは荒《あら》い息を零すルークの上から体を起こし、脚《あし》を広げさせるとその間に入り込んだ。

開かれた脚の間に、ウィリアムの指が触れる。

「あ……ああ…っ」

くちゅりと濡れた音を立てて、ウィリアムの指が入り込んできた。

「ん、あ……あ……っ」

ようやく入ってきたものを歓迎《かんげい》するように、中がきゅっと指を締《し》めつける。

「……そんなに締めつけられると、すぐにでも入れたくなるな」

「あ、あっ、んぅっ」

中を探《さぐ》るように指を動かされて、下腹がひくひくと震えた。

すぐにでも入れたくなる、と言ったのに、ウィリアムはそうはせず、少しずつ指を増やし、中を広げていく。

「あ、あ……っ」

「痛くはない？」

三本に増えた指を締めつけながら、ルークはガクガクと頷《うなず》く。痛みなど少しもない。ただ、腹の中が切ない。もっと欲しくて、おかしくなりそうだった。

指でも気持ちがいいけれど、やはり足りない。

「も、や……だぁ」

ぽろぽろと涙《なみだ》が零れる。

「ルーク？」

恥ずかしいとか、発情期じゃないのにとか、そんなためらいがどこかへ行ってしまうほどもどかしい。

「い……れて……」

「うん？　何？」

そう言ったウィリアムにルークは一度きゅっと唇《くちびる》を嚙み、右頬《みぎほほ》をシーツに押しつけるようにして顔を逸《そ》らす。

「もう、いいから……入れて、ください。ウィル様の……」

ぎゅっと目を瞑《つぶ》り、必死でそう口にする。

指などではなく、もっと大きなもので自分の中をいっぱいにして欲しい。

「……分かった」

ずるりと指が抜かれ、膝裏を持ち上げられる。ルークは顔を逸らしたまま、ぎゅっとシーツを握《にぎ》り締めた。

熱くて硬いものが、先ほどまでウィリアムの指が入り込んでいた場所に押し当てられた。

「ルーク……入れるよ」

「あ…っ、あ、あぁ……」

ゆっくりと、ウィリアムのものがぬかるみに沈《しず》み込んでいく。

指では届かない場所まで押し広げられるのがたまらなく気持ちがよくて、ルークはそれだけでイキそうになった。

発情期じゃなくてもこんなにも気持ちがいいものなのか、と思う。だが、ウィリアムのものが深くまで入り込むと、わずかに違和感《いわかん》を覚える。

けれど、その違和感もウィリアムが中をかき混ぜるように動き出すと、すぐに快感に流されていった。

「ルーク……っ」

「あっ、あっ……あ…っ」

何度も抜き差しを繰《く》り返されるうちに、ますます快感は高まっていく。ひっきりなしに零れる濡れた声に、ぐちゅぐちゅと卑猥《ひわい》な音が混じる。

「ああ、あ、あ…っ……ウィル、様……ぁっ、も、だめ…イク……っ、イッちゃう……っ」

「ああ、何度でもイケばいい……っ」

「ひ、あぁ……！」

言葉と同時に強く突《つ》き入れられて、ルークは背を反らせる。絶頂を迎え、膝がガクガクと震えた。

だが……。

「あ、やっ、待って……あっ、だめ……ぇっ、今イッてる、イッてるから……っ」

「ああ、すごい締め付けだ」

掠《かす》れた声でそう言いながらも、ウィリアムは止まる気がないらしい。締めつけに狭《せま》くなった中を割り開くように、激しく責め立ててくる。

止まって欲しくて、ルークはウィリアムの腰《こし》に脚を絡《から》ませた。

「中に欲しいのか？」

「ち、ちが……っあっ、ひぁ！」

そういうことではないと頭《かぶり》を振《ふ》るルークの腰に腕《うで》を回し、ウィリアムがそのままルークの体を起こさせる。

「あ、あぁ――――！」

対面座位の体位にされ、自重で深くまで突き入れられたルークは、激しい快感にがくりと首を仰《の》け反らせる。それと同時に、深い場所でウィリアムが達したのが分かった。

「あ……ぁ……」

中が濡《ぬ》れる感触《かんしょく》にまで感じてしまい、あえかな声が零れる。

立て続けに絶頂に押し上げられて、おかしくなりそうだった。なのに……。

「ん、あ……っ」

ウィリアムの指が、先ほどまで散々弄《いじ》られ、赤く尖《とが》ったままの乳首《ちくび》に触《ふ》れる。

「や……ウィル、様……？」

どうにか頭を起こしてウィリアムを見つめると、唇にキスされた。ねっとりと口内を犯《おか》すように舌を絡められて、まだ呼吸の整わないルークは頭を振って逃《のが》れようとする。

だが、ウィリアムは執拗《しつよう》に唇を重ね、同時に乳首を親指で押し込むようにして刺激《しげき》した。

親指が動くたび、まるでそこがスイッチでもあるかのように、中をきゅうきゅうと締めつけてしまう。

そして……。

「ン、は……ぁっ、あ……っ」

入れられたままのウィリアムのものが、徐々《じょじょ》に勢いを取り戻《もど》し、大きく脈打つのを感じてルークは目を瞠《みは》る。

「も、無理……」

ふるふると首を振る。

「こんなに締めつけておきながら？」

「それは、んっ、ウィル様が……ぁっ、あぁっ」

ウィリアムに腰を揺《ゆ》らされ、中をかき混ぜられて、言葉は嬌声《きょうせい》に変わってしまう。

先ほどまでよりもずっとゆっくりした動きではあるものの、快感は深い。中で出されたせいなのか、ルークは自分の中が酷《ひど》く敏感《びんかん》になっていることに気付かされる。

ゆさゆさと揺すられるだけで、たまらなく気持ちがよくて……。

「も、だめ……おかしく、なる……ッ」

「なればいい。おかしくなったルークも見せて」

「やぁ……あっ、あぁっ」

下から突き上げるようにして、奥をかき混ぜられる。揺さぶられて、身悶《みもだ》えするような快楽にただ声を零《こぼ》す。

「発情期とは、違《ちが》う場所に入っているのが、分かる？」

とんとんと、奥を突くように突き上げつつウィリアムが言う。だが、ルークにはもう何を言

われているのか分からなかった。

「発情期のときとは別のほうにも、いっぱい注いでやるからな」

「ん、も、いい、じゅう、ぶん……っ」

ウィリアムの言葉に、ルークは頭を振る。けれど、結局はまた注がれて、わけが分からないほどの快感の中で、ふつり、と意識を途切《とぎ》れさせた。

◆

アルコールで記憶《きおく》が全部飛んでしまうタイプならよかったのに……。

翌朝目を覚ましたルークが、最初に思ったのはそれだった。

子どもができないならいいかな、などとなぜ思ってしまったのだろう。

何もよくはなかった。

いや、もちろん、全く気持ちよくなかったなどと言ったらさすがに嘘《うそ》だけれど、心情的にというか……。

むしろ気持ちよすぎたのが衝撃《しょうげき》だったというか……。

酔《よ》っていたからといって、何を流されているんだと羞恥《しゅうち》に身悶えそうになり、それより先に酷い頭痛に身悶える。

おそらくこれは二日酔いというやつだろう。

「くぅん」

ベッドの上で隣《となり》に伏《ふ》せ、心配そうな声を上げる狼《おおかみ》に、じとりとした視線を向けてしまっても許されるのではないだろうか。

「酔っ払《ぱら》いを抱《だ》き潰《つぶ》すなんて、さすがにどうかと思うのですが……？」

ぼそぼそと、囁《ささや》くように抗議《こうぎ》すると、ウィリアムは耳を伏せ、謝罪するようにルークの頬《ほお》を舐《な》めた。

狼の姿でそんな態度を取られると、怒《おこ》り続けるのは難しい。いや、そもそも怒っているというより羞恥に身悶えているというほうが近いのだ。

酔っていたとはいえ、同意したのは自分だし、酔ったこと自体も自分が勝手に飲み過ぎただけだと分かっているから……。

深いため息を吐《つ》いたルークに言い訳するように、ウィリアムが切ない声で鳴き、やがてベッドを下りた。

ドアの近くまで行って一声鳴くと、すぐに誰《だれ》かがドアを開けたようだ。天蓋《てんがい》から下りたカーテンのせいで、ルークには外の様子は分からない。だが、そのまま出て行ったかと思っていたウィリアムはすぐに戻ってきてカーテンを潜《くぐ》ると、ベッドの下からルークの顔を心配そうに覗《のぞ》き込んできた。

「……出て行ったんじゃなかったんですか?」

憐《あわ》れを誘《さそ》う様子をずるいと思いながらも、そっと手を伸《の》ばして頭を撫《な》でてしまう。

枕《まくら》から頭を上げられないままだったが、パタパタという音で尻尾《しっぽ》が嬉《うれ》しげに床《ゆか》を叩《たた》いている様子が伝わってきた。

程《ほど》なくしてノックの音が響《ひび》き、ルークが返事をする前にウィリアムが短く鳴いて入室を許可する。

「失礼いたします」

ケーニッヒの声だ。

「お薬をお持ちいたしました。こちらに置いておきます」

言葉と共にサイドテーブルに、何かが置かれる音がする。

「浴室の支度《したく》をしておきましたので、よろしければお使いください」

「ありがとう」

頭に響かないよう小声でそう言うと、気配が遠ざかる。

ルークはどうにか気合いを入れて、そろそろと体を起こした。腰から下の怠《だる》さに舌打ちしたい気分になりつつもどうにか起き上がり、カーテンを開けると、サイドテーブルに水差しとグラスが二つ載《の》っていた。

グラスの一つには、濃《こ》い緑色の、どろりとした液体が異臭《いしゅう》を放っている。おそらく住み込みの医者であるカッツェが用意した物だろう。

せめて丸薬か粉薬ならよかったのにと思いながら、諦《あきら》めて手を伸ばす。

「うう……」

口元に持ってくるとますます異臭が強まり、げんなりとした気分になったが、どうにか口をつけた。子どもではないのだ。いくらまずそうだからといって、薬から逃れようとは思わない。

思わないのだが……。

勇気を出して、ルークはそれを一息に呷《あお》った。こういうのは一気に行ったほうがいいのだ。口の中に広がる苦みとえぐみに涙目《なみだめ》になりつつもきちんと飲み干して、ルークはすぐに水差しに水を注いでそれを飲んだ。一杯《いっぱい》では味が消えず、二杯目も飲み干す。

そうして、今後二度と酒を過ごしたりしないと心に誓《ちか》いながら、ルークは再びベッドに沈《しず》み込んだのだった。


思わぬ来訪者を迎《むか》えたのは、その日の午後だ。

幸い、その頃《ころ》には薬が効いたのか、ルークの体調はほとんどよくなっていた。ほとんど、というのは、二日酔いの部分はということで、無理をした腰《こし》の怠さはそう簡単には抜《ぬ》けず、風呂《ふろ》から出たあとは自室のベッドでゴロゴロしていたのだが……。

「ウィリアム様に来客？」

それは、ルークがこの屋敷《やしき》に来てから初めて聞く言葉だった。

今まで、この屋敷に客が来たことは一度もない。ウィリアムの状況《じょうきょう》からしたら当然のことだろう。そもそも、屋敷のある場所は秘されているという。手紙なども別の場所を経由して、そちらから運ばれてくる。

もちろん、来客があったのもこの屋敷ではない。領地を治める代官の屋敷だという。対外的には、そこに公爵《こうしゃく》自身も暮らしていることになっているらしい。

当然、客が来たと言われたところで応対などできるはずもない。

「通常ならば、追い返すところなのです。ですが……」

ケーニッヒが、珍《めずら》しく困惑《こんわく》したような表情を見せる。

「よほど特殊《とくしゅ》な立場の客なのか？」

「ええ、そうなのです」

頷《うなず》いたケーニッヒが言うには、客は隣国《りんごく》であるサマラス王国の、王女の使いらしい。サマラス王国は、東側の国境を接した友好国の一つなので、王女の使いがウォルタンス国内にいること自体はおかしいとまでは言えない。

だが……。

「そんな者がどうして突然《とつぜん》公爵家に？」

もちろん、ウィリアムは王家の血を引く、尊い血筋ではある。国王陛下と非常に友好的な関係であることも、昨日知った。だからといって、隣国の王家から直接コンタクトがあるのはおかしい。

「それが、先日よりこの国に滞在《たいざい》している王女殿下《でんか》の使いであり、用件は直接ウィリアム様に告げる、の一点張りだとか」

国内の貴族家であれば、どの家であってもお引き取りを願うところだろう。だが、相手が隣国の王女の使いとなればそうはいかない。

「ウィリアム様のことはなんと？」

「留守にしていると伝えたのですが、戻《もど》るまで待つと」

確かに下手に病気で寝込《ねこ》んでいる、などと言うよりは屋敷にいないとしたほうがマシだろうか。

「分かった。私が応対に出るよ。それでも納得《なっとく》されなかったなら、夜まで待つしかないな」

ルークの言葉に、ウィリアムは小さく唸《うな》る。そんなことはしなくていい、とでも言いたいのだろう。

「大丈夫《だいじょうぶ》ですよ、ウィル様。少し話してだめなようなら、すぐに引きます。私が応対に出たという形だけでも残しておかないと」

どれだけ非常識であっても、相手はサマラスの王女の使いなのだ。できる限りのことはしておいたほうが、のちの対応も楽だろう。もちろん、国王陛下はウィリアムの状況を知っているのだから、悪いようにはしないはずだ。

ルークは立ち上がると、リードの手を借りてさっと身だしなみを整える。風呂を使っておいてよかった、と思った。

夜会に出たときほどの華《はな》やかなものではないが、十分な正装をして部屋を出た。ウィリアムは心配そうだったが、狼の姿は見せないほうがいいだろうと、屋敷に置いていく。

「代官の屋敷というのは遠いの？」

馬車に乗り込みながら訊《き》くと、一緒《いっしょ》に乗り込んだモーリスからは否定の返事があった。相手が相手なので、執事《しつじ》のケーニッヒより家令のモーリスのほうが、何かあったときに対応がしやすいだろうという判断で、ついてきてくれたのだ。

まぁ、ケーニッヒだと同じ馬車に乗ることを、ウィリアムが許さないというのもあるが……。もう少し信用してはどうかと、思わなくもない。

「馬車で三十分ほどです。森を抜けるまでに多少時間が掛《か》かりますから、それを考えれば地理的には目と鼻の先と言えるかと」

なるほど、と頷く。それから代官の名や、対外的にウィリアムがどうしていることになっているか、どう答えるかなどの打ち合わせをしているうちに、馬車は屋敷に到着《とうちゃく》した。

森の中の屋敷よりも遥《はる》かに大きな屋敷に、さすが公爵が住んでいるとするだけのことはあるなと思う。

使者は応接室で代官が相手をしているということだったので、まっすぐ応接室に向かった。

「お待たせしました」

侍従《じじゅう》らしき男が開けてくれたドアをモーリスと共に潜ると、ソファにいた男が立ち上がる。

だがこちらを見る目はどこか怪訝《けげん》そうだ。

「……サマラス王国、第一王女リーゼロッテ殿下の使いで参りました。ミハエル・ホフネンと申します」

「私はファーレンハイト公爵の番《つがい》で、ルーク・ブレネイスと申します。どうぞおかけになってください」

ミハエルはルークの言葉に、ほんの一瞬《いっしゅん》、驚《おどろ》いたように目を瞠《みは》った。Ωが番であるαと同伴《どうはん》せずに人前に姿を現すのは、珍しいと言えば珍しいので、そのせいだろう。

だがこの場合、婚約者《こんやく》というより番といったほうが、立場がはっきりするだろうと思いそう告げたのだ。婚約者、はファーレンハイト公爵家のものとは言いがたいが、番であれば家には入っておらずとも、ウィリアムのものであることは間違《まちが》いない。

相手も、ウィリアム本人でないことが不満ではあっただろうが、とりあえず反駁《はんばく》することなくソファに腰《こし》掛けた。

ミハエルは二十代半ばほどの、美しい顔立ちの男だった。髪《かみ》の色は赤みがかった金髪《きんぱつ》で、琥《こ》珀《はく》色《いろ》の瞳《ひとみ》をしている。ウィリアムの息を呑《の》むような美しさには敵《かな》わないが、系統としては同じかもしれない。

「それで、王女殿下から何かご用件を預かっていらっしゃるとか」

「ええ、そうです。ファーレンハイト公爵にお目通りを願いたい」

「申し訳ありませんが、閣下は本日中にお戻りになりません。ご用件については、私が代わりに伺《うかが》って、お戻り次第《しだい》お伝えいたします」

ルークのきっぱりとした口調に、ミハエルは考え込むように沈黙《ちんもく》した。

「――ですが、このたびのことは、番様にお伝えするには忍《しの》びなく……」

ようやく口を開いたミハエルから出た言葉は、意外にもルークを気遣《きづか》うものだ。だが、番に伝えられないとは穏《おだ》やかではない。

「……どういうことでしょう？　遠慮《えんりょ》せず、おっしゃってください」

少し迷ったが、ルークがそう促《うなが》すと、ミハエルは親書と思《おぼ》しき羊皮紙を取り出した。

「こちらは、リーゼロッテ王女の身上書です」

「……は？」

思わず不躾《ぶしつけ》な声が出てしまったけれど、許して欲しい。

身上書？　身上書と言ったのか？

テーブルの上に置かれたのは、封蠟《ふうろう》で留められた、羊皮紙の筒《つつ》だ。封蠟には鷹《たか》に似た鳥と、バラの花の印章が押されている。おそらくこれが、リーゼロッテ王女の印なのだろう。

だが、身上書？

さすがに本人でも親でもない立場で開いてみるわけにもいかず、じっと見つめることしかできない。しかし、そのまま固まっているわけにもいかず、ルークはミハエルに視線を向けた。

「なぜ突然《とつぜん》、殿下はこのようなものを……？」

ルークの問いに、ミハエルもまた言葉に迷っているようだったが、ゆっくりと口を開く。

「……昨晩の夜会にて、殿下は運命的な出会いをされたとおっしゃっていました」

「昨晩の……」

確かに、本人を見初《みそ》めたというなら、あの機会しかないだろうとは思う。それまで、ウィリアムは人前に姿を現したことは一度としてなかったのだから。

だが、あまりにも急な話だ。普通《ふつう》ならばあり得ない。もちろん、これが貴族同士ならば、見初めてすぐに身上書を送ること自体はおかしな話ではなかった。だが、相手は一国の王女であり、ウィリアムにはすでに番がいるのである。

夜会にいたというならば、そのことを知らないはずがないと思うのだが……。

「私は昨晩の夜会でファーレンハイト公爵《こうしやく》閣下の番として、国王陛下から紹介《しょうかい》がありました。殿下はそのことを把握《はあく》しておられるのですよね？」

「……私はただ、親書をお渡《わた》しするようにと仰《おお》せ付かっただけですので」

その言葉に、ルークは眉《まゆ》を顰《ひそ》めそうになり、慌《あわ》てて視線を身上書へと落としてごまかした。

今の言い方からすると、王女がルークの存在を知っていたかどうかはどちらとも取れる。

しかし、ひょっとするとミハエルは知らなかったのかもしれない。ルークが番だと名乗ったときの驚きも、Ωが人前に出てきたことに対するものではなく、ウィリアムに番がいたことに対する驚きだったのだとすれば……。

「とにかく、このことは閣下にお伝えします。今日のところは、お引き取りを」

「しかし、私は必ず返事をもらってくるよう、仰せ付かっているのです」

引く気を見せないミハエルに、ルークはわざとため息を吐《つ》いて見せた。

「先ほど申しましたが。私は国王陛下から閣下の番として認められております。それに対して身上書を送るというのは、すでに国と国との問題ではありませんか？」

「それは……」

ルークの言葉に、ミハエルが言葉に詰《つ》まる。もし、この男が夜会での国王の発表を本当に知らなかったとしたら、気の毒なことだなとルークは思った。

「閣下がお帰りになったところで、すぐに答えの出ることではないと、ご理解ください」

ルークがそう言うと、ミハエルはようやく諦《あきら》めたように頷《うなず》いたのだった。

「それでウィル様、心当たりはあるのですか？」

日が落ちて、人の姿に戻《もど》ったウィリアムに、ルークはそう尋《たず》ねた。場所はルークの部屋だ。

ミハエルが屋敷《やしき》を出て行ったあと、ルークはすぐに森の屋敷に戻った。

待ちかねるように玄関先《げんかんさき》をうろうろしていた狼《おおかみ》姿のウィリアムは、何があったかを説明されると、身の潔白を訴《うった》えるようにべったりと離《はな》れなくなっていたのだが……。日が落ち始めるやいなや、自室に着替《きが》えに向かい、それを終えるとすぐにルークの部屋に戻ってきたのである。

「……昨夜《ゆうべ》、陛下から紹介は受けた」

ウィリアムが口にした答えに、ルークは首を傾《かし》げる。自分は全く心当たりがなかったためだ。だが……。

「ひょっとして、あのときですか？　私が休んでいるときに呼ばれた……」

ウィリアムだけで構わないという話で、ルークはソファで休んでいたときだ。

「そうだ。到着が遅《おく》れたということで、会の最初にはいなかったようだ」

その言葉にルークはなるほどと頷いた。やはりミハエルが驚いていたのは、番がいることを知らなかったからなのだろう。

「ということは、殿下《でんか》もウィル様に番がいることを知らないんでしょうか？」

「だとしたら、身上書を送ってきたことは――――いや、それでも一国の王女としては問題があるのだが。

「いや、知っているはずだ。随分《ずいぶん》しつこくダンスに誘《さそ》われて、番がいるからと断ったからな」

「しつこくダンスに……？」

そう言われて、ルークの脳裏《のうり》に一人の女性の姿が思い浮《う》かぶ。

「もしかして、赤い髪のご令嬢《れいじょう》ですか？」

あの珍《めずら》しい鮮《あざ》やかな赤い髪ははっきりと覚えている。この国では珍しいと思ったのだが……。

「ああ、そうだ」

案の定、ウィリアムが頷く。その顔がいつになく苦々しい。

「とにかく、こんな申し出はすぐに断る」

「断って大丈夫《だいじょうぶ》なのですか？」

帰ってもらうためにミハエルには強気な発言をしたルークだったが、実際のところはどうなのだろう？

サマラス王国とは国力に大きな差はない。友好国ではあるが、王女の申し出を公爵が断れるものなのだろうか？

だが、ルークの疑問に、ウィリアムは当然のように頷いた。

「大丈夫に決まっている。『呪《のろ》われた公爵』を国外になど出せるはずがない」

そう言われれば、確かにそうだ、と思う。

王家の血筋が呪われていることは、限られた者だけが知る事実であり、他国になど特に知られるわけにはいかないだろう。

もちろん、呪いに関して知らせなかったとしても、公爵位にある者が昼間は狼になるなど、外聞が悪いというレベルの話ではない。さらにそこに王女を嫁《とつ》がせるなど、いくら相手の申し出であっても、許可されるはずがない。

「ともかく、すぐに陛下にお伝えしないとな。面倒《めんどう》だが、陛下から断ってもらうしかない」

ルークがミハエルに言った、国と国との問題というのも間違いではなく、相手が王女とあっては、断るためには国王を通さないわけにはいかないのだろう。

「ケーニッヒに行ってもらったほうが、話が早いだろう。リード、ケーニッヒを呼んでくれ」

「かしこまりました」

ウィリアムの言葉に一礼して、リードが部屋を出て行く。ケーニッヒはすぐにやってきた。

「陛下に手紙を書く。それと身上書を持って、明日の朝一番に出てくれ。頼《たの》めるな？」

ウィリアムはそう言うと、ケーニッヒへと視線を向ける。

「もちろんです。面倒なお姫《ひめ》様ですね」

ケーニッヒの軽口に、ウィリアムが苦笑《くしょう》する。

「昨夜の出席者が国内の貴族だけであれば、こんな面倒もなかったんだがな」

「まぁ、国王陛下が認めた婚約《こんやく》に横やりを入れようなんて、国内の貴族なら普通は思わないでしょうね」

ルークはそう言ったが、どうやらそれだけではないらしい。

「家格が釣《つ》り合うような高位貴族は、大抵《たいてい》俺の事情を知っているからな。番《つがい》を得て、人の姿に戻れる時間を得たことすら奇跡《きせき》だということも」

確かに、それならば結婚を申し込んでくるようなことは絶対にないだろう。

「ともかく、あとは陛下にお任せしておけば大丈夫だ」

そう言われて、ルークはホッと胸を撫《な》で下ろした。

けれど、すぐにそんな自分に戸惑《とまど》いを感じる。

――どうして自分は今、安堵《あんど》したのだろう？

王女からの求婚を、問題なく断ることができると知って、ホッとした。けれど、それはどうして……？

「どうかしたか？」

「い、いえ、なんでもありません。ええと、夕食まで少し……庭に出てきていいですか？　少し風に当たりたくて……」

「構わないが、それなら俺も一緒《いっしょ》に――」

「いいえ！　ちょっとぼうっとしたいので……！」

ウィリアムの言葉にかぶせるようにそう言って、ルークは自分の部屋だというのに、逃《に》げるように外に出た。

そのまま階段を下り、庭へと向かう。

外はもうすっかり暗く、空には半分欠けた月が浮かんでいた。それを見上げて、ルークはため息を吐く。

「どうして……」

ぽつりと呟《つぶや》くと、胸元《むなもと》にそっと手を当てる。

先ほど、陛下に任せておけば大丈夫と聞いて、自分は間違《まちが》いなく安堵した。

Ωとして結婚して、子をもうけることを、あれほど忌避《きひ》していたというのに……。

自分とウィリアムはまだ正式に婚約式はしていないし、結婚も先の話だ。番にはなってしまっているけれど、子ができたわけではない。

今ならまだ、ウィリアムと離れられるのではないだろうか？

番にしたのに娶《めと》らないとなれば、ルークの親はウィリアムに怒《おこ》るだろうが、それが隣国《りんごく》の王女との結婚によるものだというなら、国のためと諦めもつくだろう。

なのに、どうして安堵したのか……。

ルークは自分の気持ちが分からなくなった。Ωであることがいやだとあれほど思っていたのに……。

ウィリアムの存在だけが、自分をΩにする。それが番という関係だ。ウィリアムと離れれば、発情期や妊娠《にんしん》に怯《おび》える必要もなくなる。ウィリアムから離れることができれば、自分はβと変わらない生活が送れるのだ。

もちろん、番がいる以上、婚約を解消したからといってルークが他《ほか》の人間と結婚することはできないし、結婚できないというのは、この国の貴族の価値観では誇《ほこ》れることではない。

だが、それを勘案《かんあん》しても、妊娠や出産に怯える必要はなくなることのほうが、ルークにとっては歓迎《かんげい》すべきことのはずだった。

なのに……。

ルークはもう一度、深いため息を吐《つ》くと、今度は手のひらで顔を覆《おお》った。

家のために仕方がないのだと思ってここに来たはずだったのに、ウィリアムが自分を離す気がないことを嬉《うれ》しいと思ってしまっている自分に戸惑う。

ウィリアムのことはどちらかと言えば好きだと思う。サフィだったことを、差し引いたとしても……。そうでなければさすがに酔《よ》っていたからと言って、流されて抱《だ》かれたりはしなかっただろう。

けれど、子どもを産むなんてやっぱり無理だという気持ちは強い。あと半月もすればまた、発情期がやって来るのだと思うと、羞恥《しゅうち》と恐怖《きょうふ》によって暗澹《あんたん》たる気分にもなる。

この思いから解き放される、唯一《ゆいいつ》にして最大のチャンスだったのかもしれないのに……。

ルークの脳裏に、ウィリアムの腕《うで》に触《ふ》れていた赤髪《あかがみ》の女性が浮かぶ。

美しい少女だった、と思う。目の覚めるような赤髪にばかり目が行ってしまったけれど、ぱっちりとした猫《ねこ》のようなつり目はかわいらしかった。気が強そうではあったが、彼女のようなタイプが好きだという男はそれなりにいるだろう。その上、王女だというのだから、望んだのがウィリアムでなければ、求婚は受け入れられたのではないだろうか。

Ωという性別がなければ、ウィリアムの隣《となり》に立つのは、彼女のほうがよっぽど相応《ふさわ》しかったと思ってしまうのは、未《いま》だ自分の中に、男女以外の性別が根付いていないためだろうか……。

そんな仮定など、考えるだけ無駄《むだ》だというのは分かっている。

それでも、そうだったらいいとなぜ今思えないのだろう。

自分の心があまりにも不可解で、けれどこのことについてこれ以上考えるのがなぜか恐《おそ》ろしい気がして、ルークは酒にでも酔ってしまいたい気分だった。

◆

ケーニッヒが帰宅し、事態が動いたのは翌々日のことだ。

モーリスによって、ケーニッヒの帰着が告げられたとき、ウィリアムは狼の姿でルークの部屋にいた。

幸い、すでに日は暮れ掛《か》かっており、ウィリアムは人の姿に戻《もど》るために自室へと向かう。

おそらく、ケーニッヒ自身、ウィリアムが人の姿に戻れる頃《ころ》に合わせて無理せず戻ってきたのだろう。ウィリアムが人の姿に戻らなければ話は進まないのだし、行きはなかなかの強行軍だったようだから。

ルークは、求婚を断れたのか気になっていたものの、自分がそれを気にしているという事実に未だきちんと向き合えていなかったため、敢《あ》えてウィリアムの部屋に向かうことはしなかった。

そのため、次にウィリアムと顔を合わせたのは、晩餐《ばんさん》の席だ。

「明日、王城に向かうことになった」

食事を始めてしばらくして、そう口にしたウィリアムに、ルークは驚《おどろ》いて目を瞠《みは》った。

「王城に？　大丈夫《だいじょうぶ》なんですか？」

咄嗟《とっさ》にそう口にしてから、悪いことを言ってしまった気がして口を噤《つぐ》む。

だが本心である。

これまで狼の姿で森に出ることはあっても、先日の夜会以外でウィリアムが人の姿で外に出ることはなかった。

その上、行き先が王城だと聞いては、心配にもなるというものだ。王城は王都にあるのだが、王都までは馬車でも半日はかかるはずだ。馬ならばもっと速いが、夜には馬車だろうが馬だろうがスピードが出せない。

もちろん、ウィリアムが夜にしか人の姿になれないことに変わりはない。つまり、ウィリアムが馬で移動すれば、移動は夜に限られるため、馬車で行くよりも時間が掛かるだろう。

「俺も行きたくないんだがな……」

ウィリアムは、そう言って大きなため息を吐いた。眉間《みけん》には皺《しわ》が寄っていて、外出がウィリアムの希望によるものではないことが分かる。

「……どうしてそんなことになったんですか？」

訊《き》いてもいいのだろうかと思いつつ、おそるおそるそう口にする。

「サマラスの王女からの要請《ようせい》だ。婚姻《こんいん》の申し出を断るのなら、せめて顔を出して誠意を見せろ、ということらしいな。突《つ》っぱねてやりたいが、サマラスとの関係を思えば陛下に無理をさせるのも申し訳ない。陛下には世話になっているからな」

王の命令だからではなく、王の顔を立てるためということなのだろう。良好な関係性がうかがえて、少し安心する。

「陛下が、俺に番《つがい》がいることも、婚約していることも説明して、相手も一応は納得《なっとく》したらしい。だが、随分《ずいぶん》と我が儘《まま》なお姫《ひめ》様らしくてな」

プライドが傷ついた、ということだろうか。

だが妙《みょう》な話だ。

通常であれば、αはできることならばΩとの婚姻を希望する。もちろんそれは、実子を得るためであり、家門のことを考えれば当然の選択《せんたく》と言える。Ωの数が足りないため、希望が通らないことも多々あるのだが……。

ただ、明らかに家格に差があれば、相手がβであっても上からの求婚を断れないことは当然である。

今回も、相手が隣国のとはいえ王女である以上、公爵《こうしゃく》であり、婚約者がいるものの未婚《みこん》であるウィリアムが拒《こば》むことは難しいはずだった。

だが、未婚であっても番がいれば話は別だ。番がいるというのは、既婚《きこん》者であることよりも優先される。サマラスの法律がどうなっているのかは知らないが、少なくともウォルタンスではそうなっているのだ。王はおそらくそれを盾《たて》に、求婚を拒んでくれたのだろう。

そして、ウィリアムに番がいることは、当の王女も知っていたはずなのである。

ウィリアム本人が、王女に告げたと言っていたので間違いない。

となれば断られるのは当然のことだと思うのだが……。

番がいることを知っていても求婚してきたところからすると、サマラスでは番がいるα相手であっても婚姻が可能なのだろうか。それとも、番がいるというウィリアムの言葉をうっかり聞き逃《のが》していたのか……？

いや、直接会っての謝罪を求めているあたり、本当に我が儘で、自分であればそんな法律は無視できると傲慢《ごうまん》にも思っていたのだろうか？

王族というものをよく知らないが、あり得なくはないのかもしれない。

まぁなんにせよ、ウィリアムが直接出向くことは決定のようだ。

「私は同行せずともいいのですか？」

「ああ、もちろん問題ない。むしろ、姿を見せないほうがいいだろう。すぐに戻るから、のんびり待っていてくれ」

「……はい」

心配ではあったが、ウィリアムの言うとおりだろう。自分が行って何ができるとも思えないし、姿を見せることで相手の感情を逆撫《さかな》でる可能性もある。

「明日の昼前に発ち、日が落ち次第《しだい》馬車の中で支度《したく》を調《ととの》えて、その後王城に着くようにするしかないだろうな」

なるほど、と思いつつ頷《うなず》く。

確かに、それしかないだろう。馬車から狼《おおかみ》が降りるところを、見られるわけにはいかないだろうし……。

「お気をつけて」

「ああ。すぐに戻るよ」

ウィリアムの言葉に、ルークは頷いて微笑《ほほえ》んだ。

◆

王城へと向かうウィリアムの出立を見送った、その日の夜。

「一番気の毒なのは、ケーニッヒかもしれないな」

風呂《ふろ》から出たルークは、お茶を淹《い》れてくれているリードにそう言って苦笑《くしよう》する。

「確かにそうかもしれませんね」

リードはくすりと笑い、ルークの前にティーカップを置いた。寝《ね》る前ということもあって、カップの中に入っているのは紅茶ではなく、ハーブティーである。

ウィリアムが夕刻過ぎに王城を訪ねるという知らせを持って、ケーニッヒもまた馬で屋敷《やしき》を出ていた。帰ってきたばかりだというのに人使いが荒《あら》いと、文句を言いつつだったけれど、その気持ちは分かる。

次に帰ってきたら、しばらくは尻《しり》を労《いたわ》って欲しいと祈《いの》るばかりだ。

「あとはもう寝るだけだから、リードももう休んで」

「はい。では失礼いたします。おやすみなさいませ」

微笑んで頭を下げたリードが部屋を出るのを見守って、ティーカップに手を伸《の》ばした。

温かいお茶を飲みつつ、ほっと息を吐《つ》く。

今頃《いまごろ》はもう、全《すべ》て終わっているだろうか。おそらく晩餐を共にしただろうが、ウィリアムは王城に泊《と》まることはできない。なんとしても夜のうちに王都を発たねばならないだろうから、もうこちらに向かっていてもおかしくはなかった。

夜のこの時間を一人で過ごすことは、珍《めずら》しくない。夜しか人の姿を取れないウィリアムにとって、普段《ふだん》のこの時間は仕事の時間だ。

むしろ、昼間、狼の姿で共にいる時間のほうがずっと長い。だから、ルークとウィリアムは言葉を交《か》わして仲を深める時間はそれほど多くはなかった。

だが、不思議とそれで為人《ひととなり》を知る時間が不足しているとは思わない。言葉を交わさなくとも通じるものは多く、ウィリアムが話さなくとも、こちらの言葉は通じているのだ。寄り添《そ》って本を読む時間や、足下《あしもと》で眠《ねむ》る体温などだけでも、十分だと思う。

むしろ、人の姿のウィリアムのほうが慣れないくらいだと言ったら、苦笑されそうだなと思う。

呪《のろ》われた公爵。

そう聞いて、一体どんな呪いなのだろうと恐《おそ》れながらもここに来てから、まだそれほど経《た》っていないというのに、自分は確かにあの人に好意を抱《いだ》いている。

「――おかしなもんだな」

ウィリアムが屋敷にいない今のほうが、ウィリアムのことを考えている気がする。

空になったティーカップを置いて、ランプを手に立ち上がる。寝室《しんしつ》には向かわずに、ベランダに続く窓を開ける。

思ったよりも肌寒《はだざむ》く、少し考えてブランケットを取りに戻《もど》ると、それを羽織ってベランダに出る。

外はランプがなければ、置かれた長椅子《ながいす》などの位置も分からないほど暗かった。

ルークは長椅子に座ると、ランプの明かりを絞《しぼ》ってぼんやりと星を見上げる。星はいくつか目に入ったが、雲が出ているのか、月は隠《かく》れていた。暗いのはそのせいだろう。

細く息を吐《は》きながら、風の冷たさに秋の終わりが近付きつつあるのを感じる。

まだまだ昼間は暖かい日も多いけれど……。

これからずっと、冬が来て、春が来て、その先も、自分はここにいるのだと思うと不思議な気持ちになる。

ここでの生活に不満があるというわけではない。ただ、現実感がないとでも言えばいいのだろうか。

自分がウィリアムの嫁《よめ》になり、子どもを産み、母になる。

あり得ないと思って生きてきた時間が長すぎて、一度目の発情期を終え、その後もまたウィリアムに抱《だ》かれたというのに、まだ飲み込めずにいる。

我ながら頭が固い、と思う。

すでに前世よりも、この世界で生きている時間のほうが長いというのに、未《いま》だに価値観を引き摺《ず》っている自分に苦笑する。

いや、前世の記憶《きおく》が戻ったのが今だったなら、こんなにも悩《なや》まずに済んだだろう。物心付いた頃に蘇《よみがえ》ったせいで、前世の価値観を持ったままの人生を三十年以上重ねてしまった。

もちろん、自分がΩでさえなかったら、そういう性別の人もいるというくらいで済んだだろう。同性愛に対して、特に忌避《きひ》感が強かったわけではない。ただ、自分はそうではないと思っていただけで……。

けれど、本当に、そうなのだろうか……？

酔《よ》っていたからといってウィリアムに抱かれて、快感に溺《おぼ》れた自分は、本当に……。

そのとき、突然《とつぜん》眼下が明るくなった。驚《おどろ》いて、ルークはそちらに視線を向ける。

「えっ」

それは、炎《ほのお》のようだった。

わずかの間、ルークは何が起こっているのか分からず呆然《ぼうぜん》としたが、すぐに立ち上がってランプを掴み、室内へと戻る。

「リード！　いや、誰《だれ》でもいい、誰かいるか⁉」

大声を上げて廊下《ろうか》へと出る。慌《あわ》てたようにランプを手にしたリードがこちらへ向かってきた。

「どうかなさいましたか？」

普段ルークが声を荒らげることなどないせいか、リードは珍しく驚いたような表情をしている。

「火事みたいなんだ。前庭で火が上がっていて」

ルークの言葉に、リードの表情が引き締《し》まる。

「様子を見て参ります。前庭でしたら、屋敷までは届かないと思います」

「そうか……うん、分かった。よろしく頼《たの》むよ」

ルークがそう言うと、リードは頷いた。一度頭を下げると急いで部屋を出て行く。ルークはもう一度ベランダへと向かった。そこからなら外の様子が分かるからだ。

だが、慌てて室内に戻ったため開け放していた窓を潜《くぐ》ろうとした、そのとき。

突然、口元に何か濡《ぬ》れたものを押しつけられ、ルークはそのまま意識を失ってしまったのだった……。

耳障《みみざわ》りな音と、下から押し上げるような揺《ゆ》れを感じ、額が何かにぶつかった。酷《ひど》い頭痛に顔を顰《しか》める。

うっすらと目を開けるけれど、わずかなオレンジの明かりが目の奥に突《つ》き刺《さ》さるようで、ルークはすぐにもう一度目を閉じた。揺れは続いていて、時折大きくなる。酷い頭痛と吐き気がした。いや、吐き気は頭痛のせいだろうか。先日の二日酔いの朝を思い出したが、あれよりも酷い。

一体どうしたのだろうとぼんやり思う。

そんなに酒を飲んだだろうか……？　しかし、この音は一体……？

ガラガラと、何かを引き摺るような音だ。小学校の頃、廃品《はいひん》回収のボランティアの日に、空き缶《かん》の入った袋《ふくろ》を引き摺って歩いたときのような……。

だが、この世界に缶はない。

そう考えてから、ようやく意識を失う前のことを思い出した。

――そうだ。火事があって、それで、ベランダに出ようとしたときに何かを口元に当てられて……。

おそらく、なんらかの薬品だったのだろう。頭痛と吐き気はそのせいに違《ちが》いない。

意識を奪《うば》われたこと、そしてこの音と揺れ……。誰かが話している声も聞こえた気がしたが頭痛が酷く、言葉が頭に入ってこない。

状況《じようきよう》を探《さぐ》ろうと、見張りがいても気付かれない程度にいろんなところに力を入れてみる。右《みぎ》肩《かた》の辺りにも鈍《にぶ》い痛みを感じる。手首の辺りは後ろ手に縛《しば》られているようだ。肩の痛みは、右を下にして板の上に直接寝《ね》かされているせいだろう。額は相変わらず何かに触《ふ》れている。揺れと音からして、誘拐《ゆうかい》され、荷馬車にでも乗せられているのだろう。

異様な状況と、おそらく誘拐されたのだという事実に、急激に恐怖《きょうふ》が体を這《は》い上がった。叫《さけ》び出したいような気持ちになったが、そんなことをすればよりまずい事態になるだろうと、必死で唇《くちびる》を噛《か》んだ。

気付かれないように細く、だが深い呼吸を繰《く》り返し、どうにか気を落ち着ける。

あの場で殺されなかった以上、すぐに殺されることはないと思いたい。少なくともこうして移動させられているのだから、どこかに着くまでは安全なはずだ。

パニックにならないように、酷い痛みに邪魔《じゃま》されながらも頭を働かせ、もう少しの間は大丈夫《だいじょうぶ》だと自分に言い聞かせる。

――それにしても、攫《さら》われてからどれくらいの時間が経《た》ったのだろう？

おそるおそる薄目《うすめ》を開けてみる。木の板目のようなものが視界いっぱいに広がった。同時に、先ほど酷く眩《まぶ》しく感じた明かりは、実際にはほんのささやかなものにすぎなかったらしいと気付く。時折揺れる様子から、ランプの明かりだろうと当たりを付けた。

まだ夜が明ける前なら、それほどの時間は経っていないと思っていいのだろうか。それとも、光を遮断《しゃだん》しているために、ランプを点《つ》けているだけなのだろうか……。

一体どこへ向かっているのだろう？

殺さなかった以上、目的地があると考えるべきか、それともあの場に死体を残したくなかっただけなのか……。

思わずそう考えて、ぞっと恐怖に身が強《こわ》ばるのを感じ、必死に思考を逸《そ》らす。

とにかく、こうして自分を攫った以上、犯人はルークがΩだと知っている者である可能性が高い。自分でいうのもなんだが、ルークに価値があるとすればその一点だろう。

性別の情報は、一応は秘匿《ひとく》されている。もちろん身上書には書くし、結婚《けっこん》相手を探し始めれば、漏《も》れるものではある。だが、ルークはすぐにウィリアムとの婚約が決まったため、誰かに身上書を送ることはなかった。

件《くだん》の夜会で大々的に発表されたわけだが、ルークがΩであることが知られるのと同時に、ウィリアムとの婚約も発表されている。Ωであることを知るものは同時に、すでに番《つがい》がいることも、相手がファーレンハイト公爵《こうしゃく》であることも知っていたはずだ。

番がいても、子どもを産ませることは可能だとはいえ、ここまでの危険を冒《おか》すだろうか？　王が発表した以上、王家が後ろ盾《だて》になっている婚約である。それを知っていて、それでもなお自分を誘拐するなんて……。

――――やはり、サマラス王国のリーゼロッテ王女なのだろうか。

ルークがいなくなることを最も望んでいるのは、間違いなく彼女だろう。

彼女ならば、今夜ウィリアムが屋敷《やしき》にいないことも知っていた。また、王家にとってファーレンハイト公爵がどれほど重要な意味を持つ爵位なのかも、ファーレンハイト公爵が人前に姿を現したことの意味も理解していないだろう。

一国の王女ともあろう者が、そんな愚《おろ》かなことをするだろうか？　という疑問はある。だが番がいると分かっているαに、釣書《つりがき》を送るような人間だ。ないとは言い切れない。

ただ、それならばなぜ殺さなかったのか、というのが疑問として残る。

ルークを殺すことで自分が疑われることを避《さ》けるために、あえてあの場では殺さなかっただけだろうか……？　失踪《しっそう》したように見せる意味など、ないように思うけれど……。

リードやケーニッヒたち、屋敷の人間は自分がいなくなったことに気付いただろうか？　そして、無事だろうか。

外敵など気にする必要もなく、ウィリアムの下《もと》に来るまで護衛など付けたこともなかったルークからすれば、特に気にならなかったが、公爵という地位からすれば、あの屋敷の守りは、決して十分なものではない。

屋敷の位置は秘されている上、高位貴族は『王家の呪《のろ》い』を知っていて、呪われたファーレンハイト公爵であるウィリアムを害することはないためだろう。それに、すぐ近くに代官の住む屋敷があるため、おそらく何かあれば、そちらに知らせが行くようになっていたのではないかとも思う。

そしてあの火事……。あれは、陽動だったのだろうか？　それ以外は気を失う前に、特に争う気配などはなかった。最初から自分を誘拐するのが目的だった可能性が高い。それならば、屋敷の人間は無事だと思うが……。

せめてそうであればいいと思う。そしてできれば、救出の手を伸《の》ばしてくれるといいのだが……。

そうして、恐怖を紛《まぎ》らわせるために、ひたすら考えごとに集中しているうちに、徐々《じょじょ》に頭痛は治まってきた。すると、ようやく人の声も耳に入ってくる。

「おい、もっとスピードは出ねぇのか？　このままじゃ夜が明けちまうぞ」

不意に飛び込んできた声に、肩を揺らしそうになって必死に堪《こら》えた。

「しょうがねぇだろう。雲が厚くて、道が見えねぇんだ」

少しくぐもった声が答える。

その言葉にルークは、やはり今がまだ夜であることを確信した。

「やっぱり殺せばよかったんじゃねぇのか？　依頼主《いらいぬし》もそう言ってただろう」

そうしておけば馬で移動できたという男に、ルークは息を呑《の》む。

「うるせぇなぁ。Ωを殺すなんて勿体《もったい》ないにもほどがあんだろ」

どうやら、本来の依頼はルークを殺すことだったらしい。だが、Ωであるルークには利用価値があると踏《ふ》んで、依頼を無視し、殺害から誘拐へと切り替《か》えたということだろう。

だが、それを幸いと思うわけにはいかないだろう。どうにかして、ここから逃《に》げ出さなければばならない。

「けど、そいつもう番がいるんだろ？」

「お前知らねぇのか？　番がいようと、他《ほか》のαのガキが産めるんだ。αの買い手がいくらでもつくんだよ」

得意げに言う男に、ルークは奥歯を嚙みしめた。

「そりゃ知ってるけどよ……値は随分《ずいぶん》落ちるだろ？」

「まぁな。それでも、依頼料よりいい金になる」

その言葉にもう一人が、そうなのかと感心したような相槌《あいづち》を打つ。そうしてその後は、金が手に入ったあとに何をするかというような話をし始める。

こういったことは初めてではないのだろう。人を売ろうというのに、悪びれる様子もない。恐《おそ》ろしくて仕方がないが、同じくらい腹立たしかった。男たちに対する怒《いか》りだけで、どうにか自分を奮い立たせようとする。

だが、男たちがこういったことに慣れているのなら、簡単には逃げ出せないだろう。今すぐにでも馬車から飛び降りたいくらいだが、意趣返《いしゅがえ》しに死体になってやるとまでは思い切れなかった。

馬車が止まるまではどうしようもない。油断させるためには、このまま寝た振りをしているのがいいだろう。

そんなことを考えていたのだが……。

「なぁ、そいつほんとにΩなのか？　全然そんな感じしねぇけどなぁ」

ふと、男の一人がそう口にした。

「番がいりゃ、匂《にお》いもしないからな。それでもαならΩだったことくらいは分かるらしいが……」

声が近付いてくることに気付いて、ルークは力の入りそうになる瞼《まぶた》や唇から、意識して力を抜《ぬ》いた。

瞼の裏に感じる明かりが弱まる。男の影《かげ》になったのかもしれない。顔を覗《のぞ》き込まれている気がして、緊張《きんちょう》に頬《ほお》が強ばりそうになる。

「一応確認《かくにん》したほうがいいんじゃねぇか？」

「確認だぁ？」

「匂いがしなくても、ちゃんと確かめる方法があるだろう？」

「確かにな……。まぁ好きにすりゃいいけど、顔と腹には傷つけんなよ。売りもんなんだからな」

「分かってるって」

下卑《げび》た笑いを零《こぼ》す男に、背筋がぞっとする。

「うぅっ」

突然肩《とつぜんかた》を掴《つか》まれ、上を向くように転がされて、痛みに呻《うめ》いた。

「目が覚めたかぁ？」

揶揄《からか》い、嬲《なぶ》るような声に諦《あきら》めて目を開く。このまま眠《ねむ》った振《ふ》りをしたところで、これから起きることを避けられるとは思えなかった。

肩を掴んだ男がルークの顔をのぞき込んでおり、もう一人は少し離《はな》れた場所に座り込んだままこちらを見ている。天井《てんじょう》の隅《すみ》でカンテラが揺《ゆ》れているのが見えた。

「こうしてみれば、かわいい顔してるじゃねぇか」

ニヤニヤと笑われて、ルークは咄嗟《とっさ》に身を捩《よじ》る。けれど、男の手が離れたのは一瞬《いっしゅん》だった。

「いっ……」

上から肩を押さえられ、下敷《したじ》きになった手首に痛みが走る。

「いいから大人しくしてろって。死にたかねぇだろ？」

笑いながらそう言って、男は寝衣《しんい》の裾《すそ》から手を入れてきた。

「や、やめろ！　何を……」

足をばたつかせたが、もともとゆったりとした寝衣だ。ズボンのウエストも緩《ゆる》く、そのままあっさりと引き下ろされてしまう。

「いやだ……っ！　放せ！」

「大人しくしろって言ったのが聞こえなかったのか？」

片手でぐっと首を摑まれて、ルークは身動きが取れなくなる。息ができない。殺すつもりなどないはずだ。分かっているけれど、あまりの息苦しさに死を意識した。

脳裏《のうり》に、ウィリアムの姿が浮《う》かぶ。声も出せないまま、心の中だけで名を呼んだ。

「あ、ぐ……っ」

ようやく男の手が離れて、ルークは激しく咳《せ》き込んだ。

「な？　死にたかないだろ？」

笑いながら言う男に頷《うなず》くことも、首を振ることもできない。男は返事もできずにいるルークの脚《あし》を撫《な》で回した。

「悪くねぇな。Ωだからか？　女みてぇな肌《はだ》だ」

「本当かよ？」

離れて座っていた男が笑う。

男の手から感じる熱が気持ち悪くて、ルークは泣きそうになった。いや、先ほどの息苦しさのせいで、目尻《めじり》にはすでに涙《なみだ》が滲《にじ》んでいる。

こんなやつらの前で泣きたくないと思うのに……。

「本当だって！　お前も触《さわ》ってみろよ」

太ももを這《は》いずる手に、怖気《おぞけ》が走る。ウィリアム以外の男に触《ふ》れられることが、こんなにも気持ちが悪いものだなんて……。

「はな、せ……っ、もう、やめて、くれ……」

「αじゃなきゃいやだってのか？　馬鹿《ばか》にしやがって」

「ち、ちが……」

違《ちが》う。βだとか、αだとかではない。

ウィリアムじゃないからいやなのだ。

――ウィリアム以外の人間に、触れられたくない。

ウィリアム以外のαの子なんて、絶対に産みたくない。

そう思って、ようやく気付く。

自分はとっくにウィリアムを好きだったのだと……ウィリアムを番《つがい》だと、認めていたのだと。

足りないのはきっと、覚悟《かくご》だけだった。

男はそのまま、下着に手を掛《か》けて引き抜くと、ルークの脚を抱《かか》え上げる。

「ああ？　なんだ？　濡《ぬ》れてねぇな」

「お前が下手くそなんだろ」

脚を抱え上げ、股《また》の間を覗き込んできた男をもう一人の男が煽《あお》る。羞恥《しゅうち》と腕《うで》の痛みにルークは顔を歪《ゆが》めた。

「αには散々やられてるくせに、βには突《つ》っ込ませないとでも言う気かよ」

「まぁでもΩなら突っ込んでるうちに濡れてくるんじゃねぇか？」

その言葉に、脚を抱えている男はそれもそうだと頷いて、自分のズボンの前を緩める。絶望的な状況《じょうきょう》に、ルークは必死で身を捩った。

「いやだ……！　ウィル様……！」

――ルークがそう、ウィリアムの名を叫《さけ》んだときだ。

突然馬の嘶《いなな》きと共に、馬車が激しく揺れる。男の手が、ルークの脚を離れた。

「な、なんだっ？」

「どうした!?」

男の一人が御者台《ぎょしゃだい》のほうへと声をかける。だが、次に聞こえたのは悲鳴だった。続いて高く遠吠《とおぼ》えが響《ひび》き渡《わた》り、ルークは目を瞠《みは》る。

「ウィル様……？」

「なんでこんなところに狼《おおかみ》が……」

愕然《がくぜん》としたような声で呟《つぶや》いた男に、白い影が襲《おそ》いかかる。男の脚に噛《か》みつくと、そのまま大きく首を振って男を壁《かべ》へと叩《たた》きつける。馬車が激しく揺れ、角に吊《つ》られていたカンテラが激しい音を立てて落下する。

カンテラが割れ、真っ暗になった馬車の中に、男たちの悲鳴と叩きつけるような音、振動《しんどう》が響く。

血の臭《にお》いが立ちこめ、男たちの声が聞こえなくなるまで、ほんのわずかな時間しかかからなかった。

「ウィル様……」

名を呼ぶと、ふわりとした柔《やわ》らかなものが手に触れ、すぐに両手が自由になった。ウィリアムが縄《なわ》をかみ切ってくれたようだ。柔らかな毛並みが頬に擦《こす》りつけられた。

「夜なのに、どうして……」

人の姿でないことに驚《おどろ》きながらも、柔らかな毛に覆《おお》われたウィリアムをぎゅっと抱《だ》きしめる。

こんなことは、再会して以来一度もなかった。

なぜだ？　自分を番にしたことで、夜だけでも人の姿になれるようになったのではなかったのか？

「どうしよう……私のせいなのでしょうか……？　私が別の男に触れられてしまったからとか、それで……」

ウィリアムがくぅんと、案じるように鳴いて、ルークを慰《なぐさ》めるように濡れた頬を舐《な》めた。

「ウィル様……」

ルークは堪《たま》らずに、ウィリアムの首にぎゅうぎゅうと抱きついた。すると……。

「え、あっ、何が……」

ルークの腕の中で、みるみるウィリアムは形を変えていく。暗くてどうなっているのか分からないけれど、手のひらに触れているのはつるりとした人の肌で……。

「――――ウィル様？」

「どうやら、戻《もど》れたようだ」

安堵《あんど》したような声でそう言うと、今度はウィリアムがルークを強く抱きしめる。

「……ルークを助けたいと願っていたら、いつの間にか狼の姿に変わっていた」

「そんなことが……」

驚いたけれど、人の姿に戻れたことにホッとしつつ、その背を抱いていた腕に力を込める。

「無事でよかった……」

二人でぎゅうぎゅうと抱き合いながら、絞《しぼ》り出すような声で言われた言葉に、胸が苦しくなった。ルークの頬《ほお》を涙の滴《しずく》が滑《すべ》り落ちていく。

「助けてくださって、ありがとうございます……ウィル様……っ」

情けないとは思うものの、助かったのだ、もう大丈夫《だいじょうぶ》なのだと、そう思うと涙が止まらなくなってしまう。

そうして、やがて馬に乗ったケーニッヒたちが追いついてくるまで、二人は強く抱き合っていた……。

「ん……ウィル、様……？」

　自分を包んでいたぬくもりが離《はな》れるのを感じて、ルークはふと目を覚ました。

「起こしてしまったか」

　ウィリアムはそう言って苦笑《くしょう》する。辺りは薄暗《うすぐら》かったが、少し視線を巡《めぐ》らせるとランプらしきオレンジの明かりが、布越《ご》しにぼんやりと見えた。

　どうやらここはベッドの上で、ランプは天蓋《てんがい》から下りたカーテンの向こうにあるらしい。

「ここは……？」

「離宮《りきゅう》だ。あの場所からならここのほうが近かったからな」

　その言葉に、ルークはハッとして体を起こした。どうやら自分は、ウィリアムに助けられたあと、安心して眠《ねむ》ってしまったらしい。ケーニッヒが、馬車とウィリアムの服を手配してくれて、服を着たウィリアムと一緒《いっしょ》にその馬車に乗ったところまでは覚えているのだが。

「すみません」

　我ながら図太いというか何というか……。

「謝らなくていい。いろいろあって疲《つか》れたんだろう。眠れそうなら眠ってしまえ」

　そう言いながら頬を撫でられて、ドキリとする。

「い、いえ。眠気《ねむけ》はもう……大丈夫です」

慌《あわ》てて頭《かぶり》を振《ふ》ると、手も離れていく。

「そうか。なら風呂《ふろ》に入るか？」

それはありがたい話だった。荷馬車の床《ゆか》に転がされていたということもあるし、正直、男たちに触《ふ》れられたことを思い出して気持ちが悪いと感じていたからだ。

「よければ、使わせてください」

頷《うなず》くと、ウィリアムがベッドから立ち上がる。

「一緒に行こう。俺も今から使おうと思っていたところなんだ」

「え？」

言葉と同時に抱き上げられて、ルークは目を瞠った。

「お、下ろしてください、自分で……」

「気にするな。お前の靴《くつ》を用意していないんだ。朝までには着替《きが》えも準備させる」

そう言われてしまえば裸足《はだし》で歩くとも言えず、ルークは口を噤《つぐ》む。攫《さら》われたときは室内履《ば》きだったから、どこかで落としてしまったのだろう。ルークの感覚からすれば、裸足で歩くことはそれほど抵抗《ていこう》がないのだが、はしたないことだとされていることは理解している。

幸い、浴室は寝室《しんしつ》の横にあったらしく、大した距離《きょり》ではなかった。

広い洗い場の横には、背もたれのないベンチがある。そして、その横の小さなテーブルには、こんな夜に急に訪ねたはずだというのに花が生けられた花瓶《かびん》が置かれ、水差しとグラスまで用意されていた。室内全体がふわりと暖かいのは、湯が張られているからだけではなく、奥にしつらえられた暖炉《だんろ》のおかげだろう。蕩々《とうとう》と湯の満ちた広い湯船は、二人で入っても十分過ぎるほど余裕《よゆう》がありそうだった。

ウィリアムはルークを下ろすと、シャツを脱《ぬ》ぎ始める。ルークはしばし呆然《ぼうぜん》とその様子を見守ってから、ハッとして目を逸《そ》らす。

そうして、自分のシャツに手を掛《か》けようとして、ためらった。

ウィリアムと風呂に入ること自体は初めてではない。発情期のときは気付いたら風呂に運ばれていたこともあったし、今思えばとんでもないことだが、ただの狼のサフィだと思っていたときには洗ってやったこともある。

けれど、今は信じられないほど恥《は》ずかしいと感じている。男同士なのだから、気にする必要はないと思おうとするけれど、激しい心臓の音が鳴り止《や》まない。

こんなことならば、あのまま眠ってしまえばよかったかもしれない。そんなことを思っていると背後から声がかけられた。

「どうした？　脱がしてやろうか？」

「だ、大丈夫ですから、先に入っていてください……っ」

そう言うと、ルークは覚悟《かくご》を決めてボタンに手を掛けた。もともと寝衣《しんい》だったから、ボタンの数は少ない。背後からする、湯が溢《あふ》れて流れ落ちる音を聞きながら、ゆっくりと脱いだ。あのとき脱がされたズボンは穿《は》かされていたけれど、それも勢いを付けて下着ごと下げる。

視線をウィリアムに向けないまま、湯船へと足を入れた。

「そんなに離れずともいいだろう？」

「……わっ」

ウエストの辺りに腕《うで》を回して引き寄せられ、ルークはウィリアムの足の間に座り込むような体勢になってしまう。

「ルークが本当に無事で、俺の腕の中にいると実感したいんだ」

ぎゅっと背後から抱きしめられて、頬が燃えるように熱くなった。

「で、でも、せっかく広い風呂なのに……」

「二人用の狭《せま》い浴室に移動しようか？」

もちろん二人で、と耳元で囁《ささや》かれて、頭を振る。そのあとは、自分の膝《ひざ》を見つめたまま微動《びどう》だにしないでいたけれど、沈黙《ちんもく》しているのにもやがて耐《た》えきれなくなった。

「ところで、その、屋敷《やしき》の者たちは無事でしょうか？　彼らの住居のほうで火の手が上がっていたのですが……」

「ああ、大丈夫だ」

気にかかっていたことを口にすると、ウィリアムから即座《そくざ》に肯定《こうてい》の返事があってホッとする。

ウィリアムが言うには、やはりあの火事は陽動だったらしく、火自体はすぐに消し止められたという。

しかし、そのわずかな時間でルークは拐《かどわ》かされてしまった。屋敷にいた者たち総出で行方《ゆくえ》を捜《さが》してくれたらしいが、マーカスが馬で王都へと向かい、途中《とちゅう》でウィリアムたちと合流。その後、街道《かいどう》を外れた場所を走る荷馬車にルークが乗っているのをウィリアムが発見してくれたということのようだ。

「よく見つかりましたね」

「ああ。不思議だが、ルークを助けたいと願った途端《とたん》、体が狼《おおかみ》に変わったんだ。おかげで匂《にお》いを追うことができた」

「匂い？」

ルークが不思議に思って首を傾《かし》げる。すると……。

「ひゃっ」

首筋の辺りに冷たいものが当たって、ルークの肩《かた》が跳《は》ねた。くん、と匂いを嗅《か》ぐようにされて、すぐにそれがウィリアムの鼻だと気付く。

「ルークからは、とてもいい香《かお》りがするからな。番《つがい》だから感じられるものだが、狼の姿になると何倍も強く香るんだ」

おそらく、Ωのフェロモンのことなのだろう。狼の嗅覚《きゅうかく》は、人の嗅覚よりも遥《はる》かに優《すぐ》れているはずだから、匂いを追うこともできたらしい。

「と、とにかく、屋敷の者たちに被害《ひがい》がなくてよかったです。あの、私が攫われたのは、彼らのせいではないので、どうか咎《とが》めないでやってください」

これは、どうしても言っておきたかった。もちろん、ウィリアムがあの屋敷の者たちに酷《ひど》い処罰《しょばつ》を与《あた》えるとは思っていない。だが、自分も望んでいないと伝えておきたかった。

「ああ……ありがとう」

ウィリアムはそう言うと、片腕《かたうで》でルークを抱《だ》きしめたまま、もう片方の手で掬《すく》い上げるようにルークの手を握《にぎ》る。

「今回の件は俺の慢心《まんしん》が招いたことだ。辛《つら》い思いをさせて悪かった」

「えっ、いや、それを言ったらむしろ、夜にベランダに出た私が不注意だったんです」

「そんなことを言われたら、ルークをベランダどころか窓一つない部屋に閉じ込めてしまいたくなるな」

「屋敷にそんな部屋はないでしょう？」

ウィリアムの冗談《じょうだん》に、ルークはそう言って苦笑した。

「だが、本当に、俺がうかつだった。……俺がいれば守れると思っていた」

「……守ってくれましたよ」

悔恨《かいこん》の滲《にじ》む声に、ルークはそう返して、握られた手にきゅっと力を込める。

「狼の姿になってまで、駆《か》けつけてくれたじゃないですか」

驚《おどろ》いたし、人に戻《もど》れなくなったらどうしようかと焦《あせ》りもしたけれど、本当に嬉《うれ》しかった。

「そんなのは、当然のことだ」

けれどそう言ったウィリアムは、未《いま》だ深い後悔を感じているようだ。

「もう、いいんです。それに、その……おかげで分かったことも、ありましたから」

「……なんだ？」

促《うなが》すように尋ねられて、ルークは言葉に詰《つ》まる。けれど、思い切って口を開いた。

「——……ウィル様が、好きなのだと……私に触れるのは、ウィル様でなければいやなのだと、気がつきました」

背後で、ウィリアムが息を呑《の》んだのが分かった。

「も、もちろん、番として当然のことだと思います。けれど、私はずっと子どもを産むことが怖《こわ》くて、ウィル様との関係も、心から受け入れることが……できなくて……。申し訳、ありません」

「ルーク……」

「でも、それでも、ウィル様のことが好きなのは、本当です」

思わず、そう言葉を重ねると、ウィリアムはルークをぎゅっと抱きしめた。

「子のことなら気にするな。ルークとの子ならばかわいいだろうが、ルークが産みたくないのなら、強要するつもりもない」

「そんな、でも、跡取《あとと》りが……」

貴族としては、跡を継《つ》ぐ子を残すことが一番の責務のはずだ。

「俺はファーレンハイト公爵《こうしゃく》だぞ？　子に継がせる爵位ではない。もちろん、生まれたなら別の爵位を与えることにはなるけれど、どうしても継がなければならないものなんてない」

確かにそう言われてみれば、ファーレンハイト公爵は狼の姿で生まれた王家の子に与えられる爵位だ。番を得て人の姿を取り戻した者も少ないという話だったから、当然子を得た者も少なかっただろう。

産みたくないのなら強要するつもりもない、というウィリアムの言葉に嘘《うそ》はないのだろう。

「ウィル様は、私の考えがおかしいとは思わないんですか？」

いくらαは番を大切にすると言っても、Ωが子を産むための性別であるという価値観は、当たり前のものとして根付いている。

それを否定するようなルークの考えは、異端《いたん》であるはずなのに……。

「ルークには、この世界とは違《ちが》う世界で生きた記憶《きおく》があるのだから、多少の考えの違いは仕方ないんじゃないか？」

「……………え？」

慰《なぐさ》めるように手の甲《こう》を親指で撫《な》でながら告げられた台詞《せりふ》に、ルークは一瞬《いっしゅん》思考が停止した。

違う世界で生きた記憶。それはつまり、前世の記憶のことだろう。

「な、なんで、知って……」

慌《あわ》てて振《ふ》り返ると、ウィリアムはぱちぱちと瞬《しばたた》く。

「なんでも何も、ルークが言ったんだろう？」

「私が……？」

呆然《ぼうぜん》と呟《つぶや》くと、ウィリアムはくすりと笑った。

「なんだ、忘れていたのか？　子どもの頃《ころ》、森で会っていたときに話してくれただろう？」

「あ……」

ウィリアムの言葉に、ルークは子どもの頃のことを思い出す。

従兄弟《いとこ》に森に置き去りにされ、ウィリアム――というか、サフィに出会って……。

「前世でも犬を飼っていたとか、前の世界とは価値観が違いすぎるとか、子どもらしく振る舞《ま》えなくて家族と上手《うま》くいっていないとか言っていただろう？」

「言った……かもしれません」

そうだ。相手は犬だと思っていたから、つい愚痴《ぐち》を零《こぼ》すような感覚で、いろいろと話してしまった気がする。完全に、忘れていたけれど。

「よく、信じましたね？」

覚えていたことよりも、信じてくれていたことのほうが驚きである。今言われたこと以外に何を話したか覚えていないが、それでも、信じがたい内容だったはずだ。

それなのに……。

「小さな子どもが話すような内容じゃなかったからな。それに、番の言葉を信じないはずがない」

ウィリアムは、当然のようにそう言った。

確かにあのとき自分は七つだったはずで、七つの子どもが話すようなことではないと言われればそうだっただろう。

――けれどそうか、ウィリアムはずっと、ルークの価値観がこの世界とずれていることを理解して、その上で受け入れてくれていたのか……。

そう思ったら、ふっと気持ちが楽になった。

これまで、誰《だれ》にも話せずにいたことを、話しても信じてもらえないだろうと諦《あきら》めていたことを、ウィリアムはずっと前から信じて受け入れてくれていたのだ。

もう、何も恐《おそ》れることなどないのではないかとすら思えた。

「だが、そうでなかったとしても、子を産むのが怖いのは、当然だ。俺だって、ルークの身に何かあったらと思えば恐ろしい。俺にはルークが大切で、それ以上のものはない」

その上、やさしい声でそう言われて、じわりと涙腺《るいせん》が緩《ゆる》みそうになる。

この世界の価値観は、多様性からは遠いところにある。それは確かだ。それでも、こうして自分の心に寄り添《そ》おうとしてくれる相手と出会えた。そう思ったら、心の奥から温かいものが溢《あふ》れてくるようで……。

「俺が産んでやれればよかったのだが……」

けれど、ウィリアムがそんなことを言い出したから、ルークは泣くのではなく、笑い出してしまった。

ダンスのときも同じようなことを言っていたな、と思う。

――この人が番《つがい》でよかった。

心からそう思えて、ルークはウィリアムの顔をじっと見つめる。

「仕方がないから、いつか、覚悟《かくご》が決まったら、私が産んで差し上げます」

そう言って、少し伸《の》び上がるようにしてウィリアムの唇《くちびる》にキスをした。

顔を離《はな》すと、ウィリアムが驚いたように目を瞠《みは》っていて、また笑いが零れる。

けれど、笑っていられたのはそこまでだった。

「ルーク……っ」

「っ……ん、ぅ……っ」

離れたばかりの唇が重ねられる。触《ふ》れるだけのものではなく、すぐに舌が入り込んできた。

驚いたものの、ルークはそっと瞼《まぶた》を伏《ふ》せて、キスに応《こた》えた。

舌を熱いと感じるのは、風呂《ふろ》で体温が上がっているせいだろうか。何度も舌を絡《から》められて、ゆっくりと吸われているうちに、いつの間にかウィリアムの指が下腹へと伸びていた。

「んっ……」

まだ柔《やわ》らかなそこを、そっと握り込まれて腰《こし》が跳《は》ねる。ちゃぷりと湯が一緒《いっしょ》に跳ねるのを感じて、ルークは軽く首を振って唇を離した。

「いやだったか？」

眉尻《まゆじり》を下げるウィリアムに、ルークは俯《うつむ》いて頭《かぶり》を振る。

「こ、ここでは、のぼせてしまう、ので」

ルークが羞恥《しゅうち》に震《ふる》えながらもそう言うと、ウィリアムは小さく息を呑み、次の瞬間には迷うことなくルークを抱《だ》き上げて立ち上がった。

「わ……っ」

突然《とつぜん》のことに驚いているルークを抱いたまま、湯から出ると、ルークをベンチに下ろす。てっきり寝室《しんしつ》に連れて行かれるのだと思っていたルークは、驚いて目を瞠った。だが、ウィリアムはそのまま覆《おお》い被《かぶ》さるようにルークに口づける。

ベンチの座面は、湯で火照《ほて》った体にはひんやりとして気持ちがよかった。けれど、それも徐々《じょじょ》に体温が移り、温まっていく。

「ん、ん……っ」

ウィリアムの手が、ルークの濡《ぬ》れた肌《はだ》を滑《すべ》る。唇が顎《あご》に触れ、首筋を辿《たど》って温度差で少しだけ尖《とが》っていた乳首《ちくび》に吸い付いた。

「あ、あぁ……」

足の間に伸びた手が、先ほど湯の中でしたのと同じようにルークのものを握《にぎ》り込む。

「ひ、ぅ……んっ」

ゆっくりと手のひらで揉《も》み込まれて、そこが少しずつ芯《しん》を持って行くのが分かる。こんな明るい場所で、ことに及《およ》んでいることが恥《は》ずかしくて、ルークはぎゅっと目を瞑《つぶ》った。けれど、そのせいで逆に、音や、肌へ触れる感覚が強くなってしまう。

「あ、んっ、ん……っ」

乳首を舌で押しつぶされて、快感が背筋を通り抜《ぬ》け、腰の奥にわだかまる。

ウィリアムの手の中のものが硬《かた》くなるのと同時に、足の奥がじわりと濡れるのが分かって、なぜだろう。発情期でもないのに、怖《こわ》いくらい気持ちがよくて、ウィリアムの舌や、手のひらが動くたび、体が震えて仕方がなかった。

羞恥に頰《ほお》が熱くなった。

「あ、あ、ん……っ」

濡れた声が、浴室の中に反響《はんきょう》していて、それも恥ずかしい。けれど、堪《こら》えることは難しくて……。

「ひ、あっ」

まだほんの少し、触《さわ》られただけなのに、ウィリアムに触れられているのだと思うと、それだけで堪《たま》らなく気持ちよくなってしまう。

「ウィル様……っ、も、だめ……今日、なんか、おかしい……っ」

結局、堪らなくなってそう口にする。けれど、ウィリアムの手は止まる気配がない。

ルークのものを上下に扱《しご》いたり、先端《せんたん》部分を撫《な》でたりしながら、絶頂へと導いていく。その間にも吸い上げたり、甘噛《あまが》みしたりと乳首への刺激《しげき》も続けられている。

全く質の違《ちが》う刺激に、甘い声を零すことしかできなくなる。

そして……。

「あ、あ、だめ……ですっ、も、イク……！」

やがて、ウィリアムの手の中で絶頂を迎《むか》えると、ようやく舌と手が離れていく。

荒《あら》い息を零《こぼ》しながら、ルークはうっすらと目を開いた。

「ルーク……」

ウィリアムが体を起こし、ルークの右膝《みぎひざ》の裏に手を入れて持ち上げる。

開かれた途端《とたん》、中からとろりと何かが零れ落ちる感触《かんしょく》がして、ルークは小さく息を呑《の》んだ。

まだ一度も触れられていないのに、そこが何かを待つようにひくりと震える。

けれど、それを恥ずかしいとは思っても、いやだとは思わなかった。

ウィリアムならいい、と思う。そこをいっぱいにして、かき混ぜて、深くまで埋《う》めて、全《すべ》てを注いで欲しい。

それを恐れなくていいのだと思ったからなのか、浅ましいくらいの欲望《よくぼう》が沸《わ》き上がり、体の中を渦巻《うずま》いているのが分かった。

「あ、あぁっ」

ウィリアムの指が、ゆっくりと中に入り込んでくる。意識せずとも、そこがきゅうきゅうと指を締《し》めつけてしまう。それでも、濡れているせいで、指の動きは滑《なめ》らかだった。

けれどどれだけ締めつけても、足りないと思ってしまう。もっと、太いものでいっぱいにして欲しくて……。

それは、指が三本まで増えても変わらなかった。

「ウィル、様……っ」

「なんだ？」

ルークはウィリアムの顔を見上げる。けれど、ウィリアムと目が合うと恥ずかしくて、うろうろと視線を彷徨《さまよ》わせた。

「ルーク？」

「……も、中、入れて……ください……っ」

羞恥のあまり涙目《なみだめ》になりつつも、小さな声でそう口にした。顔が燃えるように熱い。

「……いいのか？」

ほんの少し心配そうに、けれど期待に満ちた声で問われて、ルークはこくりと頷《うなず》いた。

「あっ」

ずるりと、中から指が抜き出され、その刺激に腰が震える。

ウィリアムはルークの右足だけでなく、左足も抱《かか》え上げる。たった今まで指で広げられていた場所に、熱いものが当たった。

期待に震えている場所に、ぐっと圧力が掛《か》かる。

「あ……あ、あぁ……っ」

少しずつ、先端が中に潜《もぐ》り込んでくる。押し開かれていく感覚と共に、ぞくぞくするような快感が沸き上がった。

「もっと……んっ、奥まで……っ、欲しい……」

「ルーク……そんなことを言われたら、手加減できなくなってしまうだろう？」

ウィリアムが動きを止めて、少し困ったように言う。ルークは頭を振《ふ》って手を伸ばすと、ウィリアムの肩《かた》を抱きしめた。

「手加減なんて、しないで……中、いっぱいに、して」

掠《かす》れた声でそう言うと、中に入っているウィリアムのものが、さらに大きくなったのが分かった。

「――……あとで、いくらでも怒《おこ》ってくれていいから」

求めたのはルークなのに、ウィリアムはそう言うとルークの腰を摑《つか》み、最奥《さいおう》まで一息に突《つ》き入れた。

「あぁ……！」

突然《とつぜん》与《あた》えられた強い快感にルークはつま先をぴんと伸《の》ばす。まだ奥まで入れられただけなのに、中だけで絶頂に達してしまった。

ルークの中はビクビクと震えながら、激しくウィリアムのものを締めつける。

けれど……。

「ひ、あっ、あ、あ、あ、あっ！」

そのまま締め付けによって狭《せま》くなった場所を、強引《ごういん》に割り開くように激しく抜き差しされて、ルークは強すぎる快感に涙を零す。

「あっ、まだ、あぁっ、い、イッてる……っ、イッてる、からぁ……っ」

「手加減できないと、言っただろう……？」

そう言って笑ったウィリアムの顔は、あまりにも官能的で……。ルークは自分の失言を悟《さと》り、そこのない快楽の中にその身を沈《しず》められていったのだった。

ゆっくりと意識が浮上《ふじょう》して、ルークは目を開いた。何度か瞬《まばた》きを繰《く》り返し、自分の体の上にある腕《うで》の重さを意識した。

不快なものではなく、守られているような、暖められているような、そんな感覚に頬が綻《ほころ》ぶ。少し視線を上げると、ウィリアムが目を閉じていた。静かな吐息《といき》から、まだ眠《ねむ》っているのだと分かった。

ウィリアムの寝顔《ねがお》を見るのは、初めてかも知れないな……とそう思ってから、ルークは大きく目を瞠《みは》ると、がばりと起き上がった。

「ん……あぁ……ルーク、おはよう……」

ルークが起き上がったせいで、ウィリアムも目が覚めてしまったらしい。どこかくぐもった声でそう言うと、ゆっくりと身を起こし、ルークの髪《かみ》に頬ずりをする。それから頬に軽く口づけて、何かに気付いたように動きを止めた。

眠たそうだった目が、徐々《じょじょ》に見開かれていき、何かを確認《かくにん》するように自らの手のひらをじっと見つめる。

「これは……」

どうやら、ルークだけに見えている幻覚《げんかく》というわけではないようだ。

「人だ……」

呆然《ぼうぜん》と呟《つぶや》かれた言葉に、ルークは頷く。ウィリアムは手を伸ばし、天蓋《てんがい》から伸びているカーテンを開けた。

室内は、窓に掛かったカーテンのせいで薄暗《うすぐら》い。けれど、カーテン越《ご》しに入り込んでいるのは、月明かりではない。間違《まちが》いなく、太陽の光だった。

ウィリアムはベッドから立ち上がり、窓を覆《おお》うカーテンに手を掛ける。そして、勢いよく開いた。

眩《まぶ》しいほどの光が、室内を満たす。ウィリアムは駆《か》けるようにベッドに戻《もど》ると、ルークを強く抱きしめた。

「ありがとう……ルーク……」

礼を言われて、ルークはウィリアムの腕の中で首を傾《かし》げる。

「礼を言われるようなことは、していないと思いますが……」

戸惑《とまど》いつつそう言うと、ウィリアムの腕が緩《ゆる》み、顔を覗《のぞ》き込まれた。

「番《つがい》に心から愛されたとき、呪《のろ》いは解けると言われているのだ」

心から愛されたとき……。

「え……？　ええっ!?」

言われた言葉の意味がようやく脳に行き渡《わた》り、ルークは驚《おどろ》いて声を上げる。同時に、カッと頬《ほお》が熱くなった。

昨日、口に出して告げはしたが、こうして目に見える形で証明されたことが、どうにも恥《は》ずかしい。

真っ赤になったルークを、ウィリアムは笑いながら抱きしめた。

けれど……。

「どうして、言わなかったんですか？」

「うん？」

「そ、その、心から……いえ、呪いが解ける条件を」

ルークの言葉に、ウィリアムは抱きしめる力はそのままに、答えてくれる。

「ルークに負担を掛けたくなかった。ただでさえ、何も言わずに番にしたのだ。その上、愛してくれなどとは、言えなかった。だが、ずっと共にいればいつかは、とそう思っていた」

その言葉に、胸の奥がぎゅっとなって、ルークは言葉を失った。

以前ルークが、何も言わずに番にするなんてと責めたとき、ウィリアムは笑って、『何も言えなかったからな』と言ったけれど、本当はそれを負い目に感じていたのだろう。

「ウィル様……いいえ、ウィル」

ルークはウィリアムの名を呼んで、背中に腕を回す。

「私を番にしてくれて、ありがとうございます。私の番が、ウィルでよかった……」

ぎゅっと腕に力を込める。

「ああ……俺も、心からそう思っている。ルーク、これからもずっと、俺と一緒《いっしょ》に生きてくれ。誰《だれ》よりも愛している」

その言葉に、ルークは目を閉じて、ゆっくりと頷いたのだった。

◆

ルークが攫《さら》われたあの日から、十日ほど経《た》ったある日のことだ。

「ルーク、今大丈夫《だいじょうぶ》か？」

ウィリアムにそう声をかけられて、ルークは読んでいた本から視線を上げた。

ここは離宮《りきゅう》に用意された、ウィリアムの執務室《しつむ》である。二人は、つい昨日、この離宮に引っ越《こ》してきたばかりだった。

少し時間が掛かったのは、二度目の発情期が終わるのを待っていたのと、新しく人を雇《やと》い入れる必要があったためだ。

尤《もっと》も、人に関してはまだ足りないようで、従僕やメイドはケーニッヒとミランダ、料理人はランドルといったように、各々《おのおの》が日々新人の面接を行っている。最終的な判断はモーリスが行っており、ほぼ丸投げと言っていいだろう。

代官の住む、領都の屋敷《やしき》に移るという話もあったのだが、いろいろと調整した結果、領都はそのまま代官に任せ、ルークたちは離宮へと引っ越すことにしたのである。

離宮の管理は王家がしていたとは言え、もともとはファーレンハイト公爵《こうしゃく》家の持ち物であったため、ウィリアムの呪いが解けたことを知った王が、祝いにと喜んで返還《へんかん》してくれた。

王都から近いが静かな環境《かんきょう》にあることが、ウィリアム的には決め手になったようだ。領都の屋敷は便利だが、屋敷は街の中にあり、人目が多すぎて落ち着かないらしい。

ちなみに、ルークがウィリアムの執務室で読書をしていたのは、ウィリアムの希望によるものだ。

人の姿に戻って以来、ウィリアムの生活時間は昼型になったのだが、これまでと同じく、昼間もできるだけ一緒に過ごしたいと言われて断れなかったのである。同じくと言っても、前は狼《おおかみ》の姿だったわけだが。

「どうしました？」

そう訊《き》くと、何やら手紙らしきものを手にしたウィリアムが、ルークの隣《となり》に腰掛《こしか》ける。

つい先ほど、モーリスが手紙を持って執務室に来たことには気付いていた。その中に何か、自分に関係のある内容の手紙があったのだろうか？

ひょっとして、夜会の招待状とか、そういったものだろうか？　これからは多少、社交界にも顔を出すようにと国王陛下にも言われたらしいし……。

などとのんきに構えていたのだが。

「リーゼロッテ王女が消えたらしい」

「え？」

思ってもみなかった話に、ルークはぱちりと瞬《しばたた》く。

リーゼロッテ王女と言えば、先日起こった、ルークの誘拐《ゆうかい》事件に関《かか》わったとおぼしき人物だ。

とは言え、あの夜の襲撃《しゅうげき》に関しては、結局王女の関与《かんよ》を認めさせることはできなかったのだが……。

ルークを襲《おそ》った男たちは、夜のうちに代官の下《もと》から寄越《よこ》された領地の役人によって尋問《じんもん》を受け、依頼《いらい》人の外見や依頼内容を自白していた。

依頼の内容は、あのとき馬車の中で聞いたとおり、ルークの殺害。そして、男たちの語った依頼人の姿が、リーゼロッテ王女の従者の一人と特徴《とくちょう》が一致《いっち》したらしい。

王女の従者が関わっている以上、ことは領内に収まらず、男たちは朝には王都へと護送されることとなった。だが、その頃《ころ》従者はすでにこの世にいなかったのである。

毒による自殺ということだったが、真相は分かったものではない。当然、王女はルークを襲撃した件だけでなく、従者の死に関しても自身の関与を否定した。従者が勝手にやったことであり、失敗したと悟《さと》って死を選んだのだろうと……。

唯一追及《ゆいいつついきゅう》できたのは、従者に対する監督《かんとく》責任だけだった。その程度で済まされたことに不満がないとは言えないが、相手が王女では個人として始末をつけるわけにはいかない。どうしても、国と国との問題になってしまう。

ウォルタンス王国とサマラス王国は友好国であり、実行犯は捕《つか》まった上、依頼した従者は死んでいる。そして、被害者《ひがいしゃ》であるルークは身分的には男爵子息《だんしゃく》で、救出が早かったため被害はほとんどない。更《さら》に誘拐されたのがΩとなれば、女性のそれと同じで外聞のためには隠《かく》したほうがいい。ルークとしても、自分に瑕疵《かし》がつくことで、ウィリアムの迷惑《めいわく》になるようなことは避《さ》けたかった。結果、今回の事件は公爵邸《てい》に火を点《つ》けたことをメインとした追及になったのである。

となれば、賠償《ばいしよう》金の支払《しはら》いと、今後リーゼロッテ王女がウォルタンス王国に入国することを禁じることくらいしか、求められないということだった。

ルークは無事に救出されているし、命に関わるような厳罰《げんばつ》に処して欲しいとまでは思わない。けれど、せめて今後は命を狙《ねら》われるようなことはないといいなと、内心祈《いの》っていたのだが……。

「消えたというのは……？　失踪《しっそう》したんですか？」

前に聞いたときはこのような問題を起こした以上、国外に出すことはせず、おそらく早急《さっきゅう》に国内の貴族の下に降嫁《こうか》させられることになるだろうという話だったけれど……。それが嫌《いや》で失踪したのだろうか。

「サマラスに送り込んである密偵《みってい》からの情報らしいんだが……」

そう言いつつ、ウィリアムが手にしていた便箋《びんせん》を渡《わた》してくれる。

それによると、帰国の途《と》についたリーゼロッテ王女は、国境を越え、サマラス王国の王都に向かう途中《とちゅう》で忽然《こつぜん》と姿を消したという。

その上、宿泊《しゅくはく》していた屋敷内に狼が侵入《しんにゅう》していたことから、狼に殺されたのではないかとその場は騒然《そうぜん》となったらしい。

しかし、屋敷内のどこにも血痕《けっこん》はなく、狼は逃走《とうそう》してしまったものの、目撃《もくげき》者の証言では毛並みなどに血が付いていたり、ましてや王女を咥《くわ》えていたなどということもなかったという。

「……これって」

ルークは呆然《ぼうぜん》とウィリアムを見つめる。

「本当に失踪したか、それとも、その狼が王女だったのか、どちらだろうな？」

にっこりと微笑《ほほえ》むウィリアムが少しだけ恐《おそ》ろしい。

ルークの脳裏《のうり》には、以前聞いた呪《のろ》いについての話が蘇《よみがえ》っている。狼を害した者が、どうなったのか。中には、狼を捨てたせいで狼になった王もいたという、あの話だ。

「でも、俺は狼ではないのに……」

「番《つがい》は一心同体と言ってもいいだろう？　それに、建国の際に殺されたのが、狼の王だけでなく王妃《おうひ》も一緒だったことを考えればおかしな話でもないんじゃないか？」

そう言われれば、そうかもしれないと思う。

けれど、まさかこんなことが起こるなんて……。

「すまない、話さないほうがよかったか？」

唐突《とうとつ》にそう謝られて、ルークはハッと我に返った。

「どうしてですか？」

「浮《う》かない顔をしている」

ウィリアムは少し困ったように笑って、ルークの頬《ほお》を撫《な》でる。

「そう、ですか？」

自分ではよく分からないが、そうなのだろうか。正直、明るい気持ちではなかったが……。

「さすがに、狼になってしまったんだとしたら、気の毒だとは思います。でも、聞かせてもらってよかったです」

今後、王女からまた何かされるのではないかと、怯《おび》える必要はなくなったのだから。

「ルークはやさしいな」

「そんなことないですよ。監督責任を問うことしかできない、と聞いたときは、陛下には申し訳ないですけど正直少し腹が立ちましたし」

そう言って苦笑《くしょう》すると、ウィリアムに肩《かた》を抱《だ》き寄せられた。

「俺は腹が立つ程度じゃ収まらなかった。だから、こうなったことも、自業自得《じごうじとく》だとしか思えない。……軽蔑《けいべつ》したか？」

そう問われて、改めて考える。

少しだけ、怖《こわ》いとは思った。それは事実だ。

だが、あの夜起きたことは、ルークも許せないと思っている。でも、そのせいで、あの少女が狼になったのかもしれないと思えば、それはそれで恐ろしい気がした。

だが、そう思えるのは、こうして今自分が無事で、ウィリアムの横で幸福だからだろう。

男たちがルークを殺すのではなく、売り払《はら》おうと考えたから、自分は生きているのであって、王女自身はルークの死を望んでいたのだ。

それに……もし、と思う。

今回は殺されそうになったのは自分だった。けれど、それがウィリアムだったら？

そう考えた途端《とたん》、目が眩《くら》むほどの怒《いか》りがわき上がり、ルークはそんな自分に戸惑《とまど》いと驚《おどろ》きを覚える。

これほど強い怒りを感じたことは、今までの人生……いや、前世を合わせたとしても初めてのことだった。

ルークが襲われたことによって、ウィリアムが今ルークの感じたものと同じような気持ちを味わったのだとしたら……。

「――もし、傷つけられたのが自分じゃなくて、ウィルだったら、俺も同じように思ったかもしれません。だから、軽蔑なんてしません」

考えた末に、そう言ってウィリアムを見ると、ウィリアムは少し驚いたように目を瞠《みは》って、それから嬉《うれ》しそうに笑った。そして、そっとルークを抱きしめる。

「そうか……よかった」

「はい」

ウィリアムの背を抱き返しながら、肩に額を押しつけるようにして頷《うなず》いた。それから互《たが》いに腕《うで》の力を緩《ゆる》めると、ゆっくりと唇《くちびる》を重ねる。

王女が死んで当然だとは思わない。不幸を祈ることもしない。それでも、起きたことを気に病《や》むのはやめようと思う。

「……でも、できるなら、もう忘れませんか？　いつまでも覚えておきたいことでもないですから」

冷たいようだが、彼女はもう、自分たちには関係のない人物だ。国境を越《こ》えてからのことであれば、こちらに責任を問われることもないだろうし、狼《おおかみ》になってしまったというなら、今後も関わることはおそらくないだろう。

それならばもう、忘れてしまいたいと思う。

ルークの言葉に、ウィリアムは軽く目を瞠り、それから笑い出した。

「な、何ですか？」

「いや、ルークの言うとおりだな。――それに、ああいった者にとっては、何でもないことのように忘れられることのほうが、より強い屈辱《くつじょく》を感じるものだ」

「え？　いや、俺はそういうつもりでは……！」

慌《あわ》てて頭《かぶり》を振《ふ》ったけれど、ウィリアムは笑うばかりで……。

「もう、いいですよ。そういうことで」

呆《あき》れてそう口にすると、ようやく笑いを収め、宥《なだ》めるように肩を撫でられた。

「すまない。だが……うん。そうだな。忘れてしまおう」

笑いの余韻《よいん》の残る唇で、触《ふ》れるだけのキスをされる。

「――忘れて、幸せになろう」

その言葉に、ルークは目を瞠り、微笑んで頷いたのだった。

あとがき

はじめまして、こんにちは。天野《あまの》かづきです。この本をお手にとってくださって、ありがとうございます。

最近、毎日野菜ジュースと豆乳を飲んで、健康になった気になっているわたしです。皆様《みなさま》はいかがお過ごしでしょうか。

ちなみに、野菜ジュースと豆乳は、調子に乗って六十本ずつ買ってしまったので、約二ヶ月の健康が約束されてしまっています。いつ寝《ね》ていつ起きているのか、本人も分からないような身で何を言っているのかという気もしますが……。

さて、今回のお話は、転生してバース性ってなんだよ、と戸惑《とまど》う受がまんまとΩになってしまい、子どもの頃《ころ》から自分に求婚《きゅうこん》していたというαの元に嫁《とつ》ぐことになってしまう、というものです。その上、そのαには呪《のろ》われた公爵《こうしゃく》という物騒《ぶっそう》な二つ名があり、望まぬ相手と結婚するだけでも憂鬱《ゆううつ》なのに呪われてるって……と慄く受。果たして、公爵の受けた呪いとは？　受は無事幸せになれるのか？　最後まで見守っていただければ幸いです。

今回のイラストは、陸裕千景子先生が描《か》いてくださいました。表紙の美麗《びれい》さはもちろん感動なのですが、モノクロの線の美しさに震《ふる》えました。そして、少年時代のルークとサフィが最高すぎて……半ズボンを希望した自分偉《えら》すぎなのでは？　本当に全人類に観て欲しいという気持ちでいっぱいになりました。今回も本当にありがとうございました。

陸裕先生には、コミカライズのほうでも大変お世話になっております。『獣王のツガイ』『蛇神様と千年の恋』の二冊のコミックス＆電子書籍《しょせき》が、現在好評発売中ですのでよろしくお願いします。

お世話になっていると言えば、担当の相澤《あいざわ》さんには今回もお世話になりました。いつ起きているかいつ寝ているか、自分でも皆目《かいもく》見当が付かない生き様で本当に申し訳ないです。これからもよろしくお願いします……。

最後になりましたが、ここまで読んでくださった皆様、ありがとうございました。今回のお話はいかがだったでしょうか？　読んだ方が少しでも、幸せな気持ち、楽しい気持ちになれたのならわたしとしても幸いです。

春は新しいことがいろいろと始まって、個人的には少ししんどい時期というイメージなのですが、皆様のご健康とご多幸をお祈《いの》りしております。では、ぜひまた次の本でお会いできますように……！

二〇二三年　二月

天野かづき

狼《おおかみ》は運命《うんめい》のツガイに執着《しゅうちゃく》する

天野《あまの》かづき

角川ルビー文庫　23649

2023年5月1日　初版発行

発行者——山下直久

発　行——株式会社KADOKAWA

〒102-8177　東京都千代田区富士見2-13-3

電話 0570-002-301（ナビダイヤル）

編集企画——エメラルド編集部

印刷所——株式会社暁印刷

製本所——本間製本株式会社

装幀者——鈴木洋介

●お問い合わせ

https://www.kadokawa.co.jp/（「お問い合わせ」へお進みください）

※内容によっては、お答えできない場合があります。

※サポートは日本国内のみとさせていただきます。

※Japanese text only

ISBN978-4-04-113582-2　C0193　定価はカバーに表示してあります。

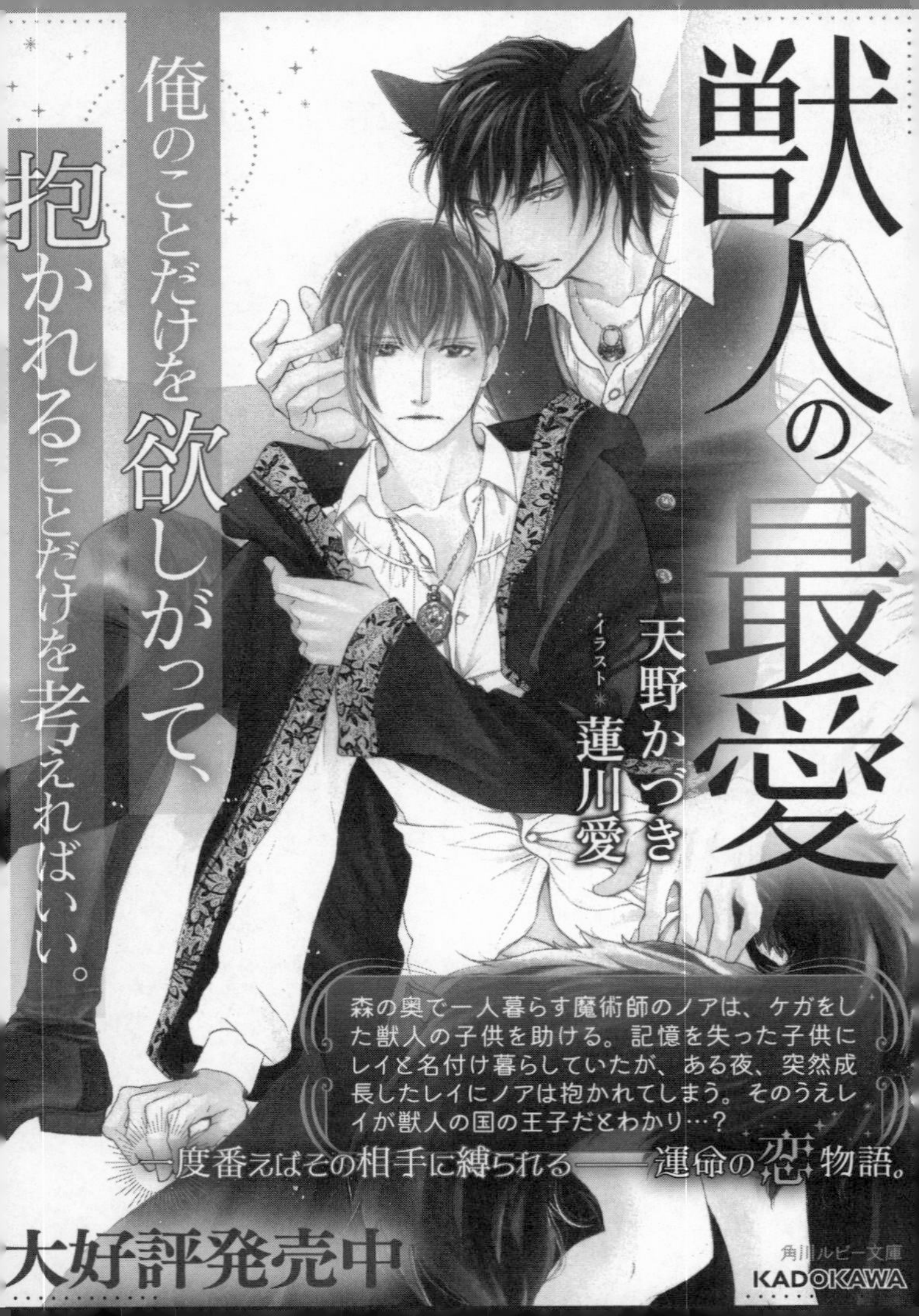
獣人の最愛
天野かづき
イラスト＊蓮川愛
俺のことだけを欲しがって、
抱かれることだけを考えればいい。
森の奥で一人暮らす魔術師のノアは、ケガをした獣人の子供を助ける。記憶を失った子供にレイと名付け暮らしていたが、ある夜、突然成長したレイにノアは抱かれてしまう。そのうえレイが獣人の国の王子だとわかり…？
一度番えばその相手に縛られる——運命の恋物語。
大好評発売中
角川ルビー文庫
KADOKAWA

獣人の求婚
貴方を手に入れるためだけに、俺は王になったんだ。
イラスト・蓮川愛
天野かづき
敗戦国の王子・エリオルは、相手国の獣人の王に要求され、男であるにも関わらず嫁ぐことに。幼い頃に出会った獣人の子に、すでに番の証をつけられていたエリオルは死を覚悟して獣人の国に向かうが…？
獣人の王と敗戦国の王子が贈る
運命の異類婚姻譚
KADOKAWA 角川ルビー文庫
大好評発売中